2000年,汉中,在王蓬农家小院

2005年夏天,话剧《白鹿原》剧组到白鹿原体验生活,约来「老腔」艺人演唱,陈忠实摆了一回拉板胡的架势。左为「老腔」板胡手,右为北京人艺导演林兆华

西蒋村人家

2012年，与评论家白烨

肖像印签版

陈忠实

共剪岁月

陈忠实的山川岁月之情，
烟火故乡之爱

重庆出版集团 重庆出版社

图书在版编目（CIP）数据

共剪岁月 / 陈忠实著． — 重庆：重庆出版社，2020.3
ISBN 978-7-229-14635-1

Ⅰ．①共… Ⅱ．①陈… Ⅲ．①随笔—作品集—中国—当代 Ⅳ．① I267.1

中国版本图书馆 CIP 数据核字 (2019) 第 257353 号

共剪岁月
GONGJIAN SUIYUE
陈忠实 著

责任编辑：陶志宏　张　蕊
策　　划：白　翎　玉　儿
责任校对：李小君
装帧设计：璞茜设计

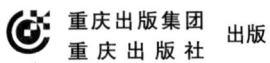

重庆出版集团
重庆出版社　出版
重庆市南岸区南滨路 162 号 1 幢　邮政编码：400061　http://www.cqph.com
小渔工作室制版
天津行知印刷有限公司印刷
重庆出版集团图书发行有限公司发行
E-MAIL:fxchu@cqph.com　邮购电话：023-61520646

全国新华书店经销

开本：880mm×1230mm　1/32　印张：8　字数：203 千
2020 年 3 月第 1 版　2020 年 3 月第 1 次印刷
ISBN 978-7-229-14635-1
定价：39.80 元

如有印装质量问题，请向本集团图书发行有限公司调换：023-61520678

版权所有　侵权必究

故乡

秦人创造了自己的腔儿。
这腔儿无疑最适合秦人的襟怀展示。
黄土在,秦人在,这腔儿便不会息声。

我的秦腔记忆 … 003

永远的骡马市 … 010

告别白鸽 … 014

我们村的关老爷 … 024

一九八三年秋天在灞河 … 028

家有斑鸠 … 034

遇合燕子,还有麻雀 … 038

俏了西安 … 048

关山小记	052
活在西安	057
乡村，喧哗与骚动	061
家之脉	065
唏嘘暗泣里的情感之潮	068
办公室的故事	072

故人

人生易老,文学的梦不老不灭,我们便觉得活着很好。

秦人白烨(补遗) 079

陪一个人上原 090

旦旦记趣 098

再读阿莹 103

有剑铭为友 107

说给云儒三句话 117

西安人武元 121

灵人 127

痴情如你	130
自信是金	135
你写的书，让我不敢轻率翻揭	140
土壤、讲坛和稿纸上的舞蹈	152
秦岭南边的世界	159
我读《山河岁月》	178

故事

留下遗憾，也留下依恋和向往……

又见鹭鸶　183

从昨天到今天　187

踏过泥泞　190

口声　194

拜见朱鹮　201

动心一刻　205

滔滔汉江水　209

第一声鸣叫　213

沉重之尘	215
在河之洲	218
仰天俯地，无愧生者与亡灵	222
关中娃，岂止一个『冷』字	230
说税	237
汶川，给我更深刻的记忆，不单是伤痛	242

故乡

秦人创造了自己的腔儿。

这腔儿无疑最适合秦人的襟怀展示。

黄土在,秦人在,这腔儿便不会息声。

我的秦腔记忆

在我最久远的童年记忆里顶快活的事，当数跟着父亲到原上原下的村庄去看戏。

父亲是个戏迷，自年轻时就和村子里几个戏迷搭帮结伙去看戏，直到年过七旬仍然乐此不疲。我童年跟着父亲所看的戏，都是乡村那些具有演唱天赋的农民演出的戏。开阔平坦的白鹿原上和原下的灞河川道里，只有那些物力雄厚而且人才济济的大村庄，不仅能凑足演戏的不小开销，还能凑齐生、旦、净、末、丑的各种角色。我们这个不足40户人家的村子，演戏是连想也不敢想的事，我和父亲就只有到原上和原下的那些大村庄去看戏了。

不单在白鹿原，整个关中和渭北高原，乡村演戏集中在一年里的两个时段，是农历的正月二月和伏天的六月七月。正月初五过后直到清明，庆祝新年佳节和筹备农事为主题的各种庙会，隔三岔五都有演出，二月二是传统习惯里的龙抬头日，形成演出高潮，原上某个村子演戏的乐声刚刚偃息，原下灞河边一个村子演戏的锣鼓梆子又敲响了，常常发生这个村和那个村同时演出的对台戏。再是每年夏收夏播结束之后相对空闲的一个多月里，原上原下的大村小寨都要过一个各自约定的"忙罢会"。顾名思义，就是累得人脱皮掉肉的收麦种秋的活儿忙完了，该当歇息松弛一下，约定一个吉祥日子，亲朋好友聚会一番，庆祝一年的好收成。这个时节演戏的热闹，甚至比新年正月还红火，尤其是风调雨顺小麦丰收家家仓满囤溢的年份。

我已记不得从几岁开始跟父亲去看戏，却可以断定是上学以前的事。我记着一个细节，在人头攒动的戏台下，父亲把我架在他的肩上，还从这个肩头换到那个肩头，让我看那些我弄不清人物关系也听不懂唱词的古装戏。可以断定不过五六岁或六七岁，再大他就扛不起来了。我坐在父亲的肩头，在自己都感觉腰腿很不自在的时候，就溜下来，到场外去逛一圈。及至上学念书的寒暑假里，我仍然跟着父亲去看戏，不过不好意思坐父亲的肩膀了。

同样记不得跟父亲在原上原下看过多少场戏了，却可以断定我那时候还不知道自己看的戏种叫秦腔。知道秦腔这个剧种称谓，应该在20世纪50年代中期离开家乡进西安城念中学以后，我13岁。看了那么多戏，却不知道自己所看的戏是秦腔，似乎于情于理说不通。其实很正常，包括父亲在内的家乡人只说看戏，没有谁会标出剧种秦腔。原上原下固定建筑的戏楼和临时搭建的戏台，只演秦腔，没有秦腔之外的任何一个剧种能登台亮彩，看戏就是看秦腔，戏只有一种秦腔，自然也就不需要累赘地标明剧种了。这种地域性的集体无意识就留给我一个空白，在不知晓秦腔剧种的时候，已经接受秦腔独有旋律的熏陶了，而且注定终生都难能取代此种顽固心理。

在瓦沟里的残雪尚未融尽的古戏楼前，拥集着几乎一律黑色棉袄棉裤的老年壮年和青年男人，还有如我一样不知子丑寅卯的男孩，也是穿过一个冬天开缝露絮的黑色棉袄棉裤，旱烟的气味弥漫不散；伏天的"忙罢会"的戏台前，一片或新或旧的草帽遮挡着灼人的阳光，却遮不住一幢幢淌着汗的紫黑色裸膀，汗腥味儿和旱烟味弥漫到村巷里。我在这里接受音乐的熏陶，是震天轰响的大铜锣和酥脆的小铜锣截然迥异的响声，是间接许久才响一声的沉闷的鼓声，更有作为乐团指挥角色的扁鼓密不透风干散利爽的敲击声，板胡是秦腔音乐独有的个性化乐器，二胡永远都是作为板胡的柔软性配乐，恰如夫妻。我起初似乎对这些敲击类和弦索类的乐器的音响没有感觉，跟着父亲看戏不过是逛热闹。记不得是哪一年哪一岁，我跟父亲走到白鹿原顶，听到远处树丛笼罩着的那个村子传来大铜锣和小铜锣的声音，还有板胡和梆子以及扁鼓相间相错的声响，竟然一阵心跳，脚步不自觉地加快了，一种渴盼锣鼓梆子扁鼓板胡二胡交织的旋律冲击的欲望潮起了。自然还有唱腔，花脸和黑脸那种能传到二里外的吼唱（无麦克风设备），曾经震得我捂住耳朵，这时也有接受的颇为急切的需要了；白须老生的苍凉和黑须须生的激昂悲壮，在我太浅的阅世情感上铭刻下音符；小生和花旦的洋溢着阳光和花香的唱腔，是我最容易发生共鸣的妙音；还有丑角里的丑汉和丑婆婆，把关中话里最逗人的语言做最恰当的表述，从出台到退场都被满场子的哄笑迎来送走……我后来才意识到，大约就从那一回的那一刻起，秦腔旋律在我并不特殊敏感的乐感神经里，铸成终生难以改易更难替代的戏曲欣赏倾向。

　　我记不得看过多少回秦腔戏了。有几次看戏的经历竟终生难忘。上学到初中三年级，学校在西安东郊的纺织工业重镇边上，住宿的宿舍在工人住宅区内。晚自习上完，我和同伴回宿舍的路上，听到锣鼓梆子响，隐隐传来男女对唱，循声找到一个露天剧场，是西安一家专业剧团为工人演出，而且有一位在关中几乎家喻户晓的须生名角。戏已演过大半，门卫已经不查票了，我和同学三四个人就走进去，直到曲终人散。无论从哪方面说，都比乡村戏台上那些农民的演出好得远了，我竟兴奋得好久睡不着觉。第二天早上走进学校大门，教导主任和值勤教师站在当面，把我叫住，指令站在旁边。那儿已经站着两个人，我一看就明白了，都是昨晚和我看戏的同伴——有人给学校打小报告了。教导主任是以严厉而著名的。他黑煞着脸，狠声冷气地训斥我和看戏的同伙。这是我学生生涯中唯一的一次处罚……

20多年后的1980年，我被任命为区文化局副局长的同时，新任局长就是训斥并罚我站的教导主任。我和他握手的那一刻，真是感慨"人生何处不相逢"灵验了。从和他握手直到我离开这个单位，始终都不曾提及此事。他肯定不记得这件事了，他训斥过可能就置诸脑后了，又忙着训导另一位违纪的学生去了。不过，这个时候的他，已经半老，依然严厉的脸上总是洋溢着微笑，大笑的时候很爽朗。一张棱角严厉的脸无论畅怀大笑还是微笑，尤其生动感人，甚为可爱。

还有一次难泯的记忆。这是"四人帮"倒台不久的事。西安城里那些专业秦腔剧团大约还在观望揣摸文艺政策能放宽到何种程度的时候，关中那些县管的也属专业的秦腔剧团破门一拥而出了，几乎是一种潮涌之势。他们先在本县演出，又到西安城里城外的工厂演出，几乎全是被禁演多年的古装戏。西安郊区的农民赶到周边县城或工厂去看戏，骑自行车看戏的人到傍晚时拥满了道路。我陪着妻子赶过20里外的戏场子。我的父亲和村里那几个老戏友又搭帮结伙去看戏了。到处都能听到这样一句痛快的观感："这才是戏！"更有幽默表述的感慨："秦腔到底又姓秦了！"这种痛快的感慨发自一个地域性群体的心怀。"文革"禁绝所有传统剧目的同时，推广10个京剧"样板戏"，关中的专业剧团和乡村的业余演出班子，把京剧"样板戏"改编移植成秦腔演出，我看过，却总觉得不过瘾，多了点什么又缺失了点什么。民间语言表达总是比我生动比我准确："这是拿关中话唱京剧哩嘛！"

还有"秦腔不姓秦了"的调侃。

到 20 世纪 80 年代中期，我的经济状况初得改善，便买了电视机，不料竟收不到任何节目，行家说我居住的原坡根下的位置，正好是电视讯号传递的阴影区域。我不甘心把电视机当收音机用，又破费买了放像机，买回来一厚摞秦腔名家演出的录像带，不仅我把包括已经谢世的老艺术家的拿手好戏看了个够，我的村子里的老少乡党也都过足了戏瘾，常常要把电视机搬到院子里，才能满足越拥越多的乡党。我后来又买了录音机和秦腔名角经典唱段的磁带，这不仅更方便，重要的是那些经典唱段百听不厌。大约在我写作《白鹿原》的 4 年间，写得累了需要歇缓一会儿，我便端着茶杯坐到小院里，打开录音机听一段两段，从头到脚、从外到内都是一种无以言说的舒悦。久而久之，连我家东隔壁小卖部的掌柜老太婆都听上了戏瘾，某一天该当放录音机的时候，也许我一时写得兴起忘了时间，老太太隔墙大呼小叫我的名字，问我"今日咋还不放戏？"我便收住笔，赶紧打开录音机。老太太哈哈笑着说她的耳朵每天到这个时候就痒痒了，非听戏不行⋯⋯在诸多评说包括批评《白鹿原》的文章里，不止一位评家说到《白鹿原》的语言，似可感受到一缕秦腔弦音。如果这话不是调侃，是真实感受，却是我听秦腔之时完全没有预料得到的潜效能。

我看过、听过不少秦腔名家的演出剧目和唱段，却算不得铁杆戏迷。不说那些追着秦腔名角倾心倾情胜过待爹娘老子的戏迷,即使像父亲入迷的那样程度,我也自觉不及。我比父亲活得好多了,有机会看那些名家的演出,那些蜚声省内外的老名家和跃上秦腔舞台的耀眼新星,我都有机缘欣赏过他们的独禀的风采。然而,在我久居的日渐繁荣的城市里,有时在梦境,有时在一个人独处的时候,眼前会幻化出旧时储存的一幅幅图景,在刚刚割罢麦子的麦茬地里,一个光着膀子握着鞭子扶着犁把儿吆牛翻耕土地的关中汉子,尽着嗓门吼着秦腔,那声响融进刚刚翻耕过的湿土,也融进正待翻耕的被太阳晒得亮闪闪的麦茬子,融进田边沿坡坎上荆棘杂草丛中,也融进已搭着原顶的太阳的霞光里。还有一幅幻象,一个坐在车辕上赶着骡马往城里送菜的车把式,旁若无人地唱着戏,嗓门一会儿高了,一会儿低了,甚至拉起很难掌握的"彩腔",在乡村大道上朝城市一路唱过去……

  秦人创造了自己的腔儿。

  这腔儿无疑最适合秦人的襟怀展示。

  黄土在,秦人在,这腔儿便不会息声。

永远的骡马市

头一回听到骡马市，竟然很惊讶。原因很直白，城里怎么会有以骡马命名的地方呢？问父亲，父亲说不清，只说人家就都那么叫着。问村里大人，进过骡马市或没去过骡马市的人也都说不清渊源，也如父亲一样回答，自古就这么叫着，甚至责怪我多问了不该问的事。

我便记住了骡马市。这肯定是我在尚未进入西安之前，记住的第一条街道的名字。作为古城西安的象征性标志性建筑钟楼和鼓楼，我听大人们神秘地描述过多少次，依然是无法实现具体想象的事，还有许多街巷的名字，听过多遍也不见记住，唯独这个骡马市，听一回就记住了。如果谁要考问我幼年关于西安的知识，除了钟鼓楼，就是骡马市了。这个道理很简单，生在西安郊区的我，只看见各种树木和野草，各种庄稼的禾苗也辨认无误，还有一座挨着一座破旧的厦屋，一院连一院的土打围墙，怎么想象钟楼和鼓楼的雄伟奇观呢？晴天铺满黄土，雨天满路泥泞，如何想象西安大街小巷的繁华，以及那些稀奇古怪乃至拗口的名字呢？只有骡子和马，让我不需费力不需想象就能有一个十分具体的形象。我在惊讶城市怎么会有以骡马命名的街区的同时，首先感到的是这座神秘城市与我的生存形态的亲近感，骡子和马，便一遍成记。

我第一次走进西安也走进了骡马市，那是20世纪50年代中期，我进城念初中的事。骡马市离钟楼不远，父亲领我观看了令人目眩的钟楼之后，就走进了骡马市。一街两边都是小铺小店小饭馆，卖什么杂货都已无记，也不大在意。只记得在乡下人口边说得最多的戏园子"三意社"那个门楼。父亲是个戏迷，在那儿徘徊良久，还看了看午场演出的戏牌，终于舍不得掏二毛钱的站票钱，引我坐在旁边一家卖大碗茶的地摊前，花四分钱买了两大碗沙果叶茶水，吃了自家带的馍，走时还继续给我兴致勃勃地说着大名角苏育民主演《滚钉板》时，怎样脱光上衣在倒钉着钉子的木板上翻身打滚，吓得我毛骨悚然。

还有关于骡马市的一次记忆，说来有点惊心动魄。史称"三年困难时期"之后的第一年，即1963年冬天，我已是乡村小学教师，期考完毕，工会犒赏教师，到西安做一天一夜旅行。先天后晌坐公交车进城，在骡马市"三意社"看一场秦腔，仍然是最便宜的站票。夜住骡马市口西安最豪华的西北旅社，洗一次澡，第二天参观两个景点，吃一碗羊肉泡馍，大家就充分感受了作为人民教师的光荣和幸福了。唯一令我不愉快乃至惊心动魄的记忆发生在次日早晨。走出西北旅社走到骡马市口，有一个人推着人力车载着用棉布包裹保温的大号铁锅，叫卖甑糕。数九天的清早，街上只有零星来往的人走动。我已经闻到那铁锅弥漫到空气里的甑糕的香气儿，那是被激活了的久违的极其美好的味觉记忆。我的腿就停住了，几乎同时就下定决心，吃甑糕，哪怕日后挨一顿饿也在所不惜。我交了钱也交了粮票。主人用一个精巧晶亮的小切刀——切甑糕的专用刀——很熟练地操作起来，小切刀在他手里像是舞蹈动作，一刀从锅边切下一片，一刀从锅心削下一片，一刀切下来糯米，又一刀刮来紫色的枣泥，全都叠加堆积在一张花斑的苇叶上。一手交给我的同时，另一只手送上来筷子。我刚刚把包着甑糕的苇叶接到手中，尚未动筷子，满嘴里都渗出口水来。正当此时，"啪"的一声，我尚弄不清发生了什么，苇叶上的甑糕一扫而光，眼见一个半大孩子双手掬着甑糕窜逃而去。我吓得腿都软了，才想到刚才那一瞬间所发生的迅捷动作，一只手从苇叶刮过去，另一只手就接住了刮下来的甑糕。动作之熟练之准确之干净利索，非久练不能做到。我把刚接到手的筷子还给主人，把那张苇叶也交给他回收，谢拒了卖主要我再买一份的好意，离开了。卖主毫不惊奇，大约早已司空见惯。关于"三年困难时期"的诸多至今依然不泯的生活记忆里，吃甑糕的这一幕尤为鲜活。在骡马市街口。

朋友李建宁把一册装潢精美的《骡马市商业步行街图像》给我打开，看着主街次街内街外街回廊街漂亮的景观，一座座既有汉唐风韵又兼欧美风味的建筑，令我耳目一新，心旷神怡，心向往之。

西安在变。其速度和规模虽然比不得沿海经济发达的大城市，然而西安确实在变化，愈变愈美。一条大街一条小巷，老城区与新开发区，老建筑物的修复和新建筑群的崛起，一行花树一块草皮一种新颖的街灯，都使这座同这个民族古老文明血脉相承的城市逐渐呈现出独有的风姿。作为这个城市终身的市民，我难得排除地域性的亲近感和对它变化的欣然。骡马市几乎是脱胎换骨的变化，是古老西安从汉唐承继下来的无数街区坊巷变化的一个缩影。我最感动的是"骡马市"这个名字，从明朝形成延续到清朝，都在繁荣着从事骡马交易的特殊街坊，把农业文明时代的城市和乡村的脐带式关系，以一个骡马市融会贯通了。

无论西安日后会靓丽到何种状态，无论这个骡马市会靓丽到何种形态，只要保存这个名字，就保存了一种历史的意蕴，一种历史演进过程中独有的风情和韵味，而没有谁会较真，真要牵出一头骡子或一匹马来。

哦！骡马市。永远的骡马市。

告别白鸽

老舅到家里来，话题总是离不开退休后的生活内容，谈到他还可以干翻轧麦地这种最重的农活儿，很自豪的神情；养着一只大奶羊，早晨起来挤下羊奶煮熟和孙子喝了，孙子去上学，他则牵着羊到坡地里去放牧，挺诱人的一种惬意的神色；说他还养着一群鸽子，到山坡上放羊时或每月进城领取退休金时，顺路都要放飞自己的鸽子。我禁不住问："有白色的没有？纯白的？"

老舅当即明白了我的话意，不无遗憾地说："有倒是有……只有一对。"随之又转换成愉悦的口吻："白鸽马上就要下蛋了，到时候我把小白鸽给你捉来，就不怕它飞跑了。"老舅大约看出我的失望，继续解释说："那一对老白鸽你养不住，咱们两家原上原下几里路，它一放开就飞回老窝里去了。"

我就等待着，并不着急，从产卵到孵化再到幼鸽独立生存，差不多得两个月，急是没有用的。我那时正在远离城市的乡下故园里住着读书写作,有七八年了,对那种纯粹的乡村情调和质朴到近乎平庸的生活,早已生出寂寞,尤其是陷入那部长篇小说的写作以来的三年。这三年里我似乎在穿越一条漫长的历史隧道,仍然看不到出口处的亮光,一种劳动过程之中尤其是每一次劳动中止之后的寂寞围裹着我,常常难以诉述难以排解。我想到能有一对白色的鸽子,心里便生出一缕温情一方圣洁。

出乎我意料的是,一周没过,舅舅又来了,而且捉来了一对白鸽。面对我的欣喜和惊讶之情,老舅说:"我回去后想了,干脆让白鸽把蛋下到你这里,在你这里孵出小鸽,它就认你这儿为家咧。再说嘛,你一年到头闷在屋里看书呀写字呀,容易烦。我想到这一层就赶紧给你捉来了。"我看着老舅的那双洞达豁朗的眼睛,心不由怦然颤动起来。

我把那对白鸽接到手里时,发现老舅早已扎住了白鸽的几根羽毛,这样被细线捆扎的鸽子只能在房屋附近飞上飞下,而不会飞高飞远。老舅特别叮嘱说,一旦发现雌鸽产下蛋来,就立即解开它翅膀上被捆扎的羽毛,此时无须担心鸽子飞回老窝去,它离不开它的蛋。至于饲养技术,老舅不屑地说:"只要每天早晨给它撒一把包谷粒儿……"

我在祖居的已经完全破败的老屋的后墙上的土坯缝隙里,砸进了两根木棍子,架上一只硬质包装纸箱,纸箱的右下角剪开一个四方小洞,就把这对白鸽放进去了。这幢已无人居住的破落的老屋似乎从此获得了生气,我总是抑制不住对后墙上的那一对活泼的白鸽的关切之情，没遍没数儿地跑到后院里，轻轻地撒上一把玉米粒儿。起始，两只白鸽大约听到玉米粒落地时特异的声响，挤在纸箱四方洞口探头探脑，像是在辨别我投撒食物的举动是真诚的爱意抑或是诱饵？我于是走开，以便它们可以放心进食。

终于出现奇迹。那天早晨，一个美丽的乡村的早晨，我刚刚走出后门扬起右手的一瞬间，扑啦啦一声响，一只白鸽落在我的手臂上，迫不及待地抢夺手心里的玉米粒儿。接着又是扑啦啦一声响，另一只白鸽飞落到我的肩头，旋即又跳到手臂上，挤着抢着啄食我手心里的玉米粒儿。四只爪子掐进我的皮肉，有一种痒痒的刺痛，然而听着玉米粒从鸽子喉咙滚落下去的撞击的声响，竟然不忍心抖掉鸽子，似乎是一种早就期盼着的信赖终于到来。

又是一个堪称美丽的早晨，飞落到我手臂上啄食玉米的鸽子仅有一只，我随之发现，另外一只静静地卧在纸箱里孵卵了。新生命即将诞生的欣喜和某种神秘感，立时就在我的心头漫溢开来。遵照老舅的经验之说，我当即剪除了捆扎鸽子羽毛的绳索，白鸽自由了，那只雌鸽继续钻进纸箱去孵蛋，而那只雄鸽，扑啦啦扑向天空去了。

终于听到了破壳而出的幼鸽的细嫩的叫声。我站在后院里，先是发现了两只破碎的蛋壳，随之就听到从纸箱里传出来的细嫩的新生命的啼叫声。那声音细弱而又嫩气，如同初生婴儿无意识的本能的啼叫，又是那样令人动心动情。我几乎同时发现，两只白鸽轮番飞进飞出，每一只鸽子的每一次归巢，都使纸箱里欢闹起来，可以推想，父亲或母亲为它们捕捉回来了美味佳肴。

我便在写作的间隙里来到后院，写得拗手时到后院抽一支烟，那哺食的温情和欢乐的声浪会使人的心绪归于清澈和平静，然后重新回到摊着书稿的桌前；写得太顺时我也有意强迫自己停下笔来，到后院里抽一支雪茄，瞅着飞来又飞去的两只忙碌的白鸽，聆听那纸箱里日渐一日愈加喧腾的争夺食物的欢闹，于是我的情绪由亢奋渐渐归于冷静和清醒，自觉调整到最佳写作状态。

这一天，我再也禁不住神秘的纸箱里小生命的诱惑，端来了木梯，自然是趁着两只白鸽外出采食的间隙。哦！那是两只多么丑陋的小鸽，硕大的脑袋光溜溜的，又长又粗的喙尤其难看，眼睛刚刚睁开，两只肉翅同样光秃秃的，它俩紧紧依偎在一起，静静地等待母亲或父亲归来哺食。我第一次看到了初生形态的鸽子，那丑陋的形态反而使我更急切地期盼其蜕变和成长。

我便增加了对白鸽喂食的次数，由每天早晨的一次到早、午、晚三次。我想到白鸽每天从早到晚外出捕捉虫子，活动量大大增加，自身的消耗也自然大大增加，而且把采来的最好的吃食都喂给幼鸽了。

说来挺怪的，我按自己每天三餐的时间给鸽子撒上三次玉米粒，然后坐在书桌前与我正在交缠着的作品里的人物对话，心里竟有一种尤为沉静的感觉，白鸽哺育幼鸽的动人情景，有形无形地渗透到我对作品人物的性格的把握和描述着的文字之中。

又是一个美丽的早晨，我在往地上撒下一把玉米粒的时候，两只白鸽先后飞下来，它们显然都瘦了，毛色也有点灰脏有点邋遢。我无意间往墙上的纸箱一瞅，两只幼鸽挤在四方洞口，以惊异稚气的眼睛瞅着正在地上啄食的父亲和母亲。那是怎样漂亮的两只幼鸽哟，雪白的羽毛，让人联想到刚刚挤出的牛乳。幼鸽终于长成了，所有对可能发生的意外或不测的担心顿然化解了。

那是一个下午，我准备到河边去散步，临走之前给白鸽撒一把玉米粒，算是晚餐。我打开后门，眼前一亮，后院的土围墙的墙头上，落栖着四只白色的鸽子，竟然给我一种白花花一大堆的错觉。两只老白鸽看见我就飞过来了，落在我的肩头，跳到手臂上抢啄玉米。我把玉米撒到地上，抖掉老白鸽，好专注欣赏墙头上那两只幼鸽。

两只幼鸽在墙头上转来转去，瞅瞅我又瞅瞅在地上啄食的老白鸽，胆怯的眼光如此明显，我不禁笑了。从脑袋到尾巴，一色纯白，没有一根杂毛，牛乳似的柔嫩的白色，像是天宫降临的仙女。是的，那种对世界对自然对人类的陌生和新奇而表现出的胆怯和羞涩，使人顿时生出诸多的联想：刚刚绽开的荷花，含珠带露的梨花，养在深山人未识的俏妹子……最美好最纯净最圣洁的比喻仍然不过是比喻，仍然不及幼鸽自身的本真之美。这种美如此生动,直教我心灵震颤,甚至畏怯。是的,人可以直面威胁,可以蔑视阴谋,可以踩过肮脏的泥泞,可以对叽叽咕咕保持沉默,可以对丑恶闭上眼睛,然而在面对美的精灵时却是一种怯弱。

小白鸽和老白鸽在那幢破烂失修的房脊上亭亭玉立。这幢由家族的创业者修盖的房屋,经历了多少代人的更替而终于墙颓瓦朽了,四只白色的鸽子给这幢风烛残年的老房子平添了生机和灵气,以至幻化出家族兴旺时期的遥远的生气。

夕阳绚烂的光线投射过来,老白鸽和幼白鸽的羽毛红光闪耀。

我扬起双手,拍出很响的掌声,激发它们飞翔。两只老白鸽先后起飞。小白鸽飞起来又落下去,似乎对自己能否翱翔蓝天缺乏自信,也许是第一次飞翔的胆怯。两只老白鸽就绕着房子飞过来旋过去,无疑是在鼓励它们的儿女勇敢地起飞。果然,两只小白鸽起飞了,翅膀扇打出啪啪啪的声响,跟着它们的父母彻底离开了屋脊,转眼就看不见了。

我走出屋院站在街道上,树木笼罩的村巷依然遮挡视线,我就走向村庄背靠的原坡,树木和房舍都在我眼底了。我的白鸽正从东边飞翔过来,沐浴着晚霞的橘红。沿着河水流动的方向,翼下是蜿蜒的河流,如烟如带的杨柳,正在吐穗扬花的麦田。四只白鸽突然折转方向,向北飞去,那儿是骊山的南麓,那座不算太高的山以风景和温泉名扬历史和当今,烽火戏诸侯和捉蒋兵谏的故事就发生在我的对面。两代白鸽掠过气象万千的那一道道山岭，又折回来了，掠过河川，从我的头顶飞过，直飞上白鹿原顶更为开阔的天空。原坡是绿的，梯田和荒沟有麦子和青草覆盖，这是我的家园一年四季中最迷人最令我陶醉的季节，而今又有我养的四只白鸽在山原河川上空飞翔。这一刻，世界对我来说就是白鸽。

这一夜我失眠了，脑海里总是有两只白色的精灵在飞翔，早晨也就起来晚了。我猛然发现，屋脊上只有一双幼鸽。老白鸽呢？我不由得瞅瞅天空，不见踪迹，便想到它们大约是捕虫采食去了。直到乡村的早饭时间已过，仍然不见白鸽回归，我的心里竟然是惶惶不安。这当儿，舅父走进门来了。

"白鸽回老家了，天刚明时。"

我大为惊讶。昨天傍晚，老白鸽领着儿女初试翅膀飞上蓝天，今日一早就飞回舅舅家去了。这就是说，在它们来到我家产卵孵蛋哺育幼鸽的整整两个多月里，始终也没有忘记老家故巢，或者说整个两个多月孵化哺育幼鸽的行为本身就是为了回归。我被这生灵深深地感动了，也放心了。我舒了一口气："噢哟！回去了好。我还担心被鹰鹞抓去了呢！"

留下来的这两只白鸽的籍贯和出生地与我完全一致，我的家园也是它们的家园；它们更亲昵地甚至是随意地落到我的肩头和手臂上，不单是为着抢啄玉米粒儿；我扬手发出手势，它们便心领神会从屋脊上起飞，在村庄、河川和原坡的上空，做出种种酣畅淋漓的飞行姿态，山岭、河川、村舍和古原似乎都舞蹈起来了。然而，我却一次又一次地抑制不住发出吟诵：这才是属于我的白鸽！而那一对老白鸽嘛……毕竟是属于老舅的。我也因此有了一点点体验，你只能拥有你亲自培育的那一部分……

当我行走在历史烟云之中的一个又一个早晨和黄昏，当我陷入某种无端的无聊无端的孤独的时候，眼前忽然会掠过我的白鸽的倩影，淤积着历史尘埃的胸膛里便透进一股活风。

直到惨烈的那一瞬，至今依然感到手中的这支笔都在颤抖。那是秋天的一个夕阳灿烂的傍晚，河川和原坡被果实累累的玉米棉花谷子和各种豆类覆盖着，人们也被即将到来的丰盈的收获鼓舞着，村巷和田野里泛溢着愉快喜悦的声浪。我的白鸽从河川上空飞过来，在接近西边邻村的村树时，转过一个大弯儿，就贴着古原的北坡绕向东来。两只白鸽先后停止了扇动着的翅膀，做出一种平行滑动的姿态，恰如两张洁白的纸页飘悠在蓝天上。正当我忘情于最轻松最舒悦的欣赏之中时，一只黑色的幽灵从原坡的哪个角落里斜冲过来，直扑白鸽。白鸽惊慌失措地扇动翅膀重新疾飞，然而晚了，那只飞在头前的白鸽被黑色幽灵俘掠而去。我眼睁睁地瞅着头顶天空所骤然爆发的这一场弱肉强食、侵略者和被屠杀者的搏杀……只觉眼前一片黑暗。当我再次眺望天空，唯见两根白色的羽毛飘然而落，我在坡地草丛中捡起，羽毛的根子上带着血痕，有一缕血腥气味。

侵略者是鹞子，这是家乡人的称谓，一种形体不大却十分凶残暴戾的鸟。

老屋屋脊上现在只有一只形单影孤的白鸽。它有时原地转圈，发出急切的连续不断的咕咕的叫声；有时飞起来又落下去，刚落下去又飞起来，似乎惊恐又似乎是焦躁不安；我无论怎样抛撒玉米粒儿，它都不屑一顾更不像往昔那样落到我肩上来。它是那只雌鸽，被鹞子残杀的那只是雄鸽。它们是兄妹也是夫妻，它的悲伤和孤清就是双重的了。

过了好多日子，白鸽终于跳落到我的肩头，我的心头竟然一热，立即想到它终于接受了那惨烈的一幕，也接受了痛苦的现实而终于平静了。我把它握在手里，光滑洁白的羽毛使人产生一种神圣的崇拜。然而正是这一刻，我决定把它送给邻家一位同样喜欢鸽子的贤，他养着一大群杂色信鸽，却没有白鸽。让我的白鸽和他那一群鸽子合帮结伙，可能更有利于生存。再者，我实在不忍心看见它在屋脊上那样孤单。

它还比较快地与那一群杂色鸽子合群了。

我看见一群灰鸽子在村庄上空飞翔，一眼就能辨出那只雪白的鸽子，欣慰于我的举措的成功。

贤有一天告诉我，那只白鸽产卵了。

贤过了好多天又告诉我，孵出了两只白底黑斑的幼鸽。

我出了一趟远门回来，贤告诉我，那只白鸽丢失了。我立即想到它可能又被鹞子抓去了。贤提出来把那对杂交的白底黑斑的鸽子送我。我谢绝了。

又过了一些日子，我失掉两只白鸽的情感波澜已经平静，老屋也早已复归平静，对我已不再具任何新奇和诱惑。我在写作的间隙里,到前院浇花除草,后院都不再去了。这一天,我在书桌前继续文字的行程,窗外传来了咕咕咕的鸽子的叫声,便撂下笔,直奔后院。在那根久置未用的木头上,卧着一只白鸽。是我的白鸽。

我走过去,它一动不动。我捉起它来,它的一条腿受伤了,是用细绳子勒伤了的。残留的那段细绳深深地陷进肿胀的流着脓血的腿杆里,我的心里抽搐起来。我找到剪刀剪断了绳子,发觉那条腿实际已经勒断了,只有一缕尚未腐烂的皮连接着。它的羽毛变成灰黄,头上粘着污黑的垢甲,腹部粘结着干巴的鸽粪,翅膀上黑一坨灰一坨,整个儿污脏得难以让人握在手心了。

我自然想到,这只丢失归来的白鸽是被什么人捉去了,不是遭了鹞子。它被人用绳子拴着,给自家的孩子当玩物,或者连他以及什么人都可以摸摸玩玩的。白鸽弄得这样脏兮兮的,不知有多少脏手抚弄过它,却根本不管不顾被细绳勒断了的腿。我在那一刻突然想到,它还不如它的丈夫被鹞子扑杀的结局。

我在太阳下为它洗澡,把由脏手弄到它羽毛上的脏洗濯干净,又给它的腿伤敷了消炎药膏,盼它伤愈,盼它重新发出羽毛的白色。然而它死了,在第二天早晨,在它出生的后墙上的那只纸箱里……

我们村的关老爷

在我尚不知晓关羽或关云长为何人的童稚时期，却已知道关老爷这尊神。岂止知道，而且和关老爷左右为邻，距离不过五六十步。自我有记事能力，便记着我家是村子西头第二家，头一家的院墙西边紧挨着一条颇深的沟，是下雨排水的天然洪道。这条沟的西沿上，坐落着一幢比普通农家更讲究的庙，方砖砌墙表面，琉璃小瓦苫顶，房脊高高耸起，砖头上有雕刻的吉祥图纹，这座庙俗称关老爷庙。村民平常简称为老爷庙，敬奉着关羽。我一出自家土门楼，第一眼便看见关老爷庙；从村子里走回家去，直对着我视线的也是这座关老爷庙；关老爷庙的北墙根下，是走出村子的西口，村民下地干活或出村办事，都从关老爷的庙墙根下走过。不仅是我，整个村子里的男女老幼都和关老爷朝夕相处，低头不见抬头见，几乎谈不上距离。

我后来才知道，在民间传说里，关羽谢世升天后，被玉皇大帝封为管民间风雨的职司，任何一方地域的干旱雨涝或风调雨顺，全在这位风雨神的掌控之中。无需考究这个传说起自何时何方，既成的事实却非同小可。即如我眼见的灞河流域密集的大村小寨，几乎每个村子都修建着一座关公庙，敬奉着这位职司风雨的神。我生活的村子到1949年新中国成立时，不过三十多户人家，却不知早在多少年前已经修建起这座关公庙来，推想那时大约不过十几或二十几户农家，肯定由每户分摊建庙和雕塑关公神像的不菲的费用，可以想见村民踊跃情态里的虔诚。其实不难理解，以种植庄稼为唯一生存依靠的村民，决定粮食棉花收成丰歉也决定他们碗里吃食的稀稠乃至有无和身上穿戴的厚薄的关键一条，便是雨水，风似乎倒在其次。渭河平原这块沃土，庄稼生长最致命的制约因素，便是干旱，我查阅过西安周边3个县的县志，造成多次饥馑灾荒的原因，都是久旱不雨。敬奉关公祈求风调雨顺是村民们共同的心愿。

每年农历大年三十后响，村子里的主事人便打开常年挂着铁锁的关公庙门，让几位村民打扫卫生，擦拭关老爷和护卒头上身上的尘土，点上两支又粗又长的红色蜡烛，再敬上3支香，然后跪拜叩头，再说几句祈求风调雨顺的话。接着，整个村子里的成年男人都来焚香跪拜祈祷来年有及时雨降下。我和小伙伴们围在庙门口，看着一个个年长的年轻的爷辈父辈的再熟悉不过的男人们，无论家道或富或贫无论性情属刚属蔫，站到关老爷塑像面前先鞠躬再跪拜时的表情，都是至诚至敬的。关老爷端坐庙堂正中，长耳几乎垂肩，浓眉大眼高鼻梁，满脸红色，黑色的胡须直垂到胸膛，威武里透着慈善，不动声色地看着一茬一茬跪拜他的村民。到得末了，主事人把我等在庙门口围观的小男孩一齐叫进庙去，教大伙抱拳鞠躬，再跪地叩头者三，最后让大伙跟着他齐声说，关老爷爱民如子，给俺多下及时雨……应该说，关公是我平生最早跪拜过的神。

每年农历二月二日，是民间传统传说里的龙抬头的日子，也是冬去春来农事铺开的一个标志性时日。村子的主事人一早又去打开关老爷的庙门，打扫卫生再点蜡焚香，敲锣打鼓和拍铙钹的好手早已敲打得震天价响，村子里的男人们闻声赶来，长辈人跪在庙里，年轻的晚辈跪在庙门外边，我等小伙伴们随意择空当处跪下，叩头三次，然后一齐仰面对着关老爷的塑像，跟着主事人齐声祈祷，祈盼雨顺风调……那声音是浑厚的，也是震动庙宇发生回声的庄严的声响，更是虔诚的心愿之声。

干旱却几乎年年都在发生，有小旱，也有大旱，多在秋苗生长的关键时月，即伏旱。小旱修渠引水可以抗御，大旱就几乎面临绝收，村子的主事人便召集村民商议，用一种激烈悲壮的方式祈雨，当地人叫"伐马角"。同样是在职司风雨的关公庙里庙外举行，点蜡焚香烧裱，庙外锣鼓铙钹敲打着激烈紧凑的曲牌，男人们聚在庙里庙外，身上都披着象征下雨的稻草编织的蓑衣，自然都是长跪在地。突然会有一人跳起，从火盆里抽出一根烧得通红的细钢条，大吼一声，吾乃关老爷"通全"的黑乌梢，随之便把通红的细钢条从右腮戳到左腮……黑乌梢是说一种黑色的蛇，蛇是龙的民间化身，即取水地点在南山的黑龙潭。于是，整个村子的人便跟着那个"通全"了神灵的人到南山去，到黑龙潭里"取水"……我等一帮小伙伴聚在一旁，反复诵念两句民谣：云往西，关老爷骑马戴帽披蓑衣。帽是指遮雨的草帽，蓑衣也是遮雨的，都是预示着甘露降临。应验落雨甚少，依旧干旱居多，灾荒和饥馑避免不过。然而，每年农历大年三十和二月二对关老爷的虔诚祭拜，依旧进行，直到新中国成立后破除迷信明令禁止，这种传承了不知几百年的仪式才被废止了。

关羽忠勇孝义，在民间的影响也很广泛，却是隐性的，不像他职司风雨直接关涉千家万户每一个村民的生存。这样，村民们很少说或不说关公庙关帝庙，而通称关老爷庙或简称老爷庙，已显示着一种亲近的情感。

说来有趣，每当在媒体上看到当地驻军在天旱时节向天空发炮催雨成功的消息，我就会从记忆深处泛出村民敬祭关老爷的画面……

一九八三年秋天在灞河

秋收秋播时节,我住在丰饶的渭河平原东南边沿的塬坡地区——灞河川道里,沿着河川公路走过去,穿过一个个稠密的大大小小的村庄,走到哪里都能看到,满树满墙吊挂着剥光了衣壳的黄灿灿、白生生的包谷棒子。一座座庄稼院的檐墙和背墙上,木橛上挂着一串串包谷;削院和后院的白杨树、榆树和椿树的树杈上,围垒着或悬吊着包谷棒子;在临近两棵树杈间横架一根木橛,包谷棒子像珠帘一样凌空垂吊着,构成一幅奇致的蔚为壮观的景象。

这是庄稼人储藏刚刚收获回来而尚未干透的包谷的临时措施,倒像是搞包谷丰收展览似的。无论如何,这种景象在我是稀罕的。农民对于粮食的珍惜之情已经远远超越了爱物的范围，而作为一种道德的规范了。一家农户储藏粮食的数量，作为一种家庭秘密，大约不亚于任何军事情报，任何人很难准确探知谁家究竟有多少粮食储存。这是以往的乡村生活给我留下的印记。1983年的秋末，我走进任何一个熟悉的村庄，不用打问，一家农户的包谷储存数量，就展示在墙上和树杈上，随意去估计好了，对于粮食储存量的秘密自然地打破了，农家也没有必要闪烁其词，用时兴的话说，农民不怕"冒富"、"露富"。

我到塬坡上的一个小村庄去。道路泥泞，砍倒的谷秆摊摆在坡地上，被雨水淋得变成灰黑色。阴雨绵绵，河口刚露出一抹云霞，又被云雾笼罩着，看来一时晴不了。

我记起这样一件事来——

我在这个公社工作的时候，有一年秋后，到了唐家村，坐在中年队长家的两间厦屋里，隔着一张方桌，坐着说话。他递给我一缸开水，并不介意地说："没有茶叶。"我喝着开水，和他聊着冬季农田水利建设的事，无意间一抬头，看见厦屋的木楼上，架放着一堆包谷秆。像包谷秆子这样的柴火，庄稼人在掰过包谷棒子以后，从地里尽快地清理干净，堆放到地头的渠沿上，摞靠在树棵周围，待到冬天干透了，再拉回场院里，当作柴火，烧饭或者煨炕，也有当作粗饲料粉碎以后喂猪的，并不是什么值得珍惜的宝物。这位队长把包谷秆子藏在楼上，我觉得奇怪而且有点好笑了。

"这些包谷秆子,你也把它藏到楼上,不怕劳神吗?"我笑着问。

"喂猪哩!"他挺认真地说,"放到露天,雨淋雪捂,就霉坏咧!"

"那……你这一间小楼上,能存多少嘛!"

"嗨!说起来你不信,这是我今年秋里分下的全部柴火。"他呷着旱烟袋,不好意思地笑笑,难为情地说,"就这一点儿,不敢糟蹋,才放到楼上,凭它喂猪哩……"

少得令人难以置信,我的心在微微战栗。这样的木楼,是关中农民传统的囤放小麦的地方,并不是堆放柴火的,现在只能储存包谷秆子了。可以料想我们的农民缸里能有多少粮食储备。

为了这个不能抹掉的记忆,我今天专门来寻访他,不巧,他赶集卖羊去了。站在他家门外的场塄上,可以看见庄前屋后的树杈上,挂满了包谷串子;小山似的包谷秆子,堆放在猪圈旁边。他的女人担水回来了,几年不见,自然显得老了一些,招呼打过,就说起家常来。

"吃是吃不完了,能吃多少呢。"她笑着说,"一年到头,纯一色的麦面,不吃包谷了,只喝包谷糁糁。"

我并不惊奇,却不由得瞅瞅那储藏过包谷秆子的木楼,现在摆着一排瓷瓮和瓦缸,她说那里全都装着麦子。厦屋里靠墙栽着四只废旧的铁皮汽油桶,也是装着麦子。木柜,瓦瓮,铁桶,全都被麦子装满了,包谷没有存放的器具,只好挂到墙上和树杈上去。

"一年四季,尽吃麦子,咱而今比地主的生活还高咧!"

"白馍夹油辣子",是这里的农民对理想中的生活水准的形象化描绘。这样的生活,理应在人民获得政权以后早该享受到了,由于人为的或自然的诸种因素,使我们的庄稼人忍受了不该忍受的饥苦。"一年四季,尽吃麦子",就是这个地区1983年秋天的农民的生活水平。这个水平,不算太高,较之牛奶加面包还有相当一段距离,可是农民已经十分满意了。

我在河川里的一个较大的村子里,遇见一位熟识的队长。他神秘地问我:"你在粮店有认识的熟人没有?我想卖超购粮,粮店不收!"

超购粮比一般购粮价格高百分之四十,他想为社员多卖点钱。粮店因为储藏设备有限,不予收购,于是就出现了卖超购粮要找熟人"走后门"的现象。

"要是能成,我们队卖10万斤。"他口大气粗地说,随之嘿嘿嘿笑了,"那年为求1000斤包谷,你跟我谈了三个晚上……"

他倒记着而且提起这件事来。那一年,上级给公社追加了超购粮任务,公社咬着牙接受了,几经商讨,给他的小队分配了1000多斤包谷超购任务。我找到他的时候,他蹲在初冬的田埂上,甩着手,扭着脖子,四方脸上满是为难的神色:"1000来斤包谷,论起不算啥大事,给社员不好交代咯!社员要骂我。"

就为这 1000 来斤包谷，我跑了三次，说服，劝解，费了九牛二虎之力。

"啊哈！我现在才信了你那年说的话……"

"我说过什么话？"

"你说，在美国，人家把包谷只当作饲料……"

噢！那一年，就是为那 1000 斤包谷，我和他闲谝起在粮食已经过关的国家里，包谷这种杂粮已经不作为人的口粮，而只当作饲料用。他带着决然不能相信的神情说："那多可惜呀！怎能这样糟蹋粮食呢？"他怎能相信呢？当时在农民之间悄悄进行着的粮食交易，包谷价格已经涨到三毛一斤了！

"咱们村里，现在也是用包谷喂鸡，给猪追膘，真个只当饲料咧！"他咧着大嘴笑着，很天真的一副得意的神气，"我才信了你说的话。"

生动活泼的生活现实，浅显不过地解决了理论上长期争论不休的问题。

我无法满足他的要求。他有点失望，抱怨说："国家多建几个粮库怕啥？包谷挂在树上，雨淋老鼠咬……"

渭河平原，连续 40 多天阴雨，据说是气象史上百年不遇的天气。灞河川道里，黑蒙蒙的云雾终日遮罩着南塬和北岭，空气里弥漫着霉腐的气味。灞河流淌着黄色的泥水，塬坡上的梯田溶水达到饱和状态，许多地方出现了滑坡，田堰垮塌了；到处冒水，糊汤一样的稠泥水从坡沟间倾泻下来，淹泡了河川里的田地，灾情严重。

麦子播不进地里去，而农时节令眼看要耽误了，连阴雨还在淅淅沥沥地下着。塬坡上，河川里，在一踩一陷脚的田地里，农民在冒雨播种小麦。大小机具无法施展威力，全部变成了双手操劳。随处可以看到夫妻、父子以及放秋假回乡的中学生、家眷在农村的国家职工，一人抱一把镢头，在挖泥种麦；有牲畜的农户，勉强用铁犁在泥泞黏糊的田地里划出一道道沟垄，撒下种子。没有办法，自然灾害所致，无法讲求播种的质量了，只要不违节令农时，如期播下种子，冬里和明春加强管理，仍然可以弥补播种的粗放。劳动是沉重的，在这样糟糕的雨季里就更加沉重，但庄稼人的心劲是高涨的，把希望的种子终于埋进土地里去了。

在这条熟悉的河川里，走到哪里，我都感到充实和振奋。无须只把眼光盯着为数不多的"万元户"，以为只有他们才能说明我国农村经济变革的意义，也无须因为仍有一些新出现的问题而摇头摆手。生活毕竟发生了深刻的变化，生活前进了。

家有斑鸠

住到乡下老屋的第一个早晨,刚睁开眼,便听到咕咕——咕咕的鸟叫声。这是斑鸠。虽然久违这种鸟叫声,却不陌生,第一声入耳,我便断定是斑鸠,不由得惊喜。

披上衣服,竟有点迫不及待,悄声静气地靠近窗户,透过玻璃望出去,后屋的前檐上,果然有两只斑鸠。一只站在瓦楞上,另一只围着它转着,一边转着,一边点头,发出"咕咕咕咕"的叫声。显然是雄斑鸠在向雌斑鸠求爱,颇为绅士,像西方男子向所爱的女子鞠躬致礼,"咕咕咕"的叫声类似"我爱你"的表白。

这是我回到乡下老屋的第一个早晨看见的情景。一个始料不及的美妙的早晨。

六年前的大约这个时节,我和文学评论家王仲生教授住在波士顿城郊他的胞弟家里。尽管这座三层小洋楼宽敞舒适,我和王教授还是更喜欢站在或坐在后院里。后院是一片绿茸茸的草坪,有几种疏于管理的花木。这一排房子的后院连着后面一排小楼房的后院，中间有一排粗大高耸的树木分隔。树木的枝杈上，与其说栖息着毋宁说侍立着一群鸟儿。一种通体黑色的梭子形状的鸟，在人刚打开后门走到草坪边的时候，便从树枝上飞下来，落在草坪上，期待着人撒出面包屑或什么吃食。你撒了吃剩的面包屑或米粒儿，它们就在你面前的草地上争食，甚至大胆地跳到人的脚前来。偶尔，还会有一只两只松鼠不知从哪棵树上蹿下来，和梭子鸟儿在草地上抢夺食物。

我在那个令人忘情的人与鸟兽共处的草坪上，曾经想过在我家的小院里，如若能有这样一群敢于光顾的鸟儿就好了。我们近年来的经济成就令世人瞩目，然而要赶上人家的年生产总值和人均收入的水平，尚需一个较长的时日；然而我们的鸟儿和诸如松鼠的小兽敢于到居民的阳台和农民的小院来觅食，却是不需花费财力物力的事，只需给鸟儿和兽儿一点人道和爱心就行了。然而实际想来，实现这样人鸟人兽共存共荣的和谐景象，恐怕也不是短时间的事。

飞翔在我们天空的鸟儿和奔驰在我们山川里的兽儿，对人的恐惧和绝对的不信任是一个基本的事实。我们把爱鸟爱兽作为一个普遍的社会意识来提倡，不过是十来年间的事。我们把鸟儿兽儿作为美食作为美裳作为玩物作为发财的筹码而心狠手辣的年月，却无法算计。我能记得和看到的，一是1958年对麻雀发动的全民战争，麻雀虽未绝种，倒是把所有飞翔在天空的各色鸟儿吓得肝胆欲裂，它们肯定会把对人的恐惧和防范作为生存戒律传递给子子孙孙。再是种种药剂和化肥，杀了害虫长了庄稼，却把许多食虫食草的鸟儿整得种族灭绝。更不要说那些利欲熏心丧尽良知的捕杀濒临灭绝的珍禽异兽者。我曾瞎猜过，能够存活到今天的鸟类、兽类，肯定具备一组特别优秀的专司提防、警惕人类伤害的基因。不然，早该在明枪暗弓以及五花八门的机关和陷阱里灭绝了。

还是说我家的斑鸠。我有记事能力的时候就认识并记住了斑鸠，像辨识家乡的各种鸟儿一样，不足为奇。斑鸠在我的滋水家乡的鸟类中，是最朴拙最不显眼近乎丑陋的一种鸟。灰褐色的羽毛比不得任何一种鸟儿，连麻雀的羽翅上的暗纹也比不得。没有长喙和高足，比不得啄木鸟和鹭鸶。没有动人的叫声，从早到晚都是粗浑单调的"咕咕咕——咕咕咕"的声音。它的巢也是我所见过的鸟窝中最简单最不成型的一种，简单到仅有可以数清的几十根柴枝，横竖搭置成一个浅浅的潦草的窝。小时候我站在树下，可以从窝的底部的缝隙透见窝里有几枚蛋。我曾经在20世纪60年代的小学课本上看到过以斑鸠为题编写的课文，说斑鸠是最懒惰的鸟，懒得连窝也不认真搭建，冬天便冻死在这种既不遮风亦不挡雨的窝里。

然而，整个80年代到90年代初，我住在祖居的老屋读书写字，没有看见过一只斑鸠。尽管我搞不清斑鸠消亡的原因，却肯定不会是如童话所阐述的陋窝所致，倒是倾向于某种农药或化肥的种类性绝杀。这种普遍的毫不起眼的鸟儿的绝踪，没有引起任何村人的注意。我以为在家院的周围再也看不到斑鸠了。

斑鸠却在我重返家乡的第一个清晨出现了，就在我的房檐上。我便轻手开门，怕惊吓了它。它还是飞走了。我朝院中的空地上撒一把小米，或一把玉米糁子，诱使它到小院里来啄食。

初始，无论我怎样轻手蹑足开门走路，它一发现我从屋内走到院中，"扑棱"一声就从屋脊或围墙上起飞了，飞入高高的村树上去了。我仍然往小院里撒抛米谷。直到某一日，我开门出来，两只斑鸠突然从院中飞起，落到房檐上，还在探头探脑瞅着院中尚未吃完的谷米。我的心里一动，它终于有胆子到院内落脚啄食了，这是一次突破性的进展。我和斑鸠的关系获得令人振奋的突破之后，随之便是持久的停滞不前。斑鸠在房檐在房脊在院墙上栖息追逐，似乎已经放心无虞。然而有我在场的时候，它们绝不飞落到院里来啄食，无论我抛撒的米谷多么富于诱惑。

有几次我从室内的窗玻璃前窥视到斑鸠在院中啄食米谷的情景，每当我一出门，它们便惊慌地飞上房顶。这一刻，我清醒地意识到，它还不完全是我家的斑鸠。

要让斑鸠随心无虞地落到小院里，心里踏实地啄食，在我的眼下，在我的脚前，尚需一些时日。

我将等待。

遇合燕子,还有麻雀

燕子来了。刚一打开门,燕子就飞过来,唧唧唧唧吵叫着,在过庭的四周旋飞,自然是寻找可以筑巢的地方。有时候多到十余只,在前屋后屋的过庭和屋檐下旋转。整个屋院里,呈现熙熙攘攘热热闹闹的气氛。无论在南方或在北方,燕子都被平民视为吉祥的美和善的形象,也是春天的象征。尽管寒风依旧刺脸,尽管冰雪封冻枯草遍地,心里却已洋溢着春天的气息了。燕子都来了啊!

拒绝燕子,我便闭了前门,也关了后门,不许燕子到屋内筑巢。我十分喜欢这种洋溢着吉祥洋溢着善良的鸟儿,却又不得不硬着心肠拒绝它们进屋,确是无奈的事。

20世纪80年代某一年,小燕子在我刚刚建成的前屋里寻觅栖息之地,最后选定了装着电灯开关的那个圆形木盒子,据此便衔泥筑窝。我和妻子和孩子都怀着一份欣喜，在新屋里添一对喜气洋洋的燕子，于心理上似乎平添了一份令人舒悦的吉祥气氛，都十分珍爱十分欢迎这一对客鸟。很短几天，小燕的窝巢极快地长高着，令我惊讶，曾戏谑简直是深圳速度啊！（那时候，深圳建筑业挣脱了中国建筑行当习以为常的慢腾腾，以几天建一层楼房的高速度震惊了中国，被誉为深圳速度，也成为中国经济改革的一个形象化的代名词。）我同时也发现了不妙：燕子用泥筑成大半的窝上，夹杂着一枝枝细长的草枝草叶，悬吊在空中，看上去乱糟糟脏兮兮的。印象中燕子是用纯粹的河泥造窝的，怎么会夹杂这么多草枝？问及村人，老者说，燕子有两种：一为瑚燕，用纯粹的河泥筑窝；一为草燕，用杂合着草枝草叶的河泥造窝。我才大开眼界，知道燕子中也有精致和粗糙的类别。

在我新屋里筑巢的这一对燕子，无疑是属于粗糙类的草燕一种了。但终归是燕子，粗糙就粗糙一点吧，我自己其实也不属于精致雅细之人，粗糙的人和粗糙的燕子正好合拍，正好可以为邻为伍，谁也不必嫌烦谁。到得这一对燕子夫妇开始轮换卧巢孵卵的时候，我又发现了不妙。墙上开始出现黑一道黄一道的排泄物。留心观察发现，卧巢孵蛋的燕子后急了，便把屁股撅出窝口，完了事又钻进窝去继续孵蛋，墙上就流下来一道儿秽物。我就觉得不能容忍，粗糙也不能粗糙到这种程度嘛！然而还是容忍了，主要是因为那窝里正在孵化的两枚蛋，说不定小燕就要破壳而出了呢。家人已多怨言，说没见过这样又懒又脏的燕子。怨归怨，嫌归嫌，只盼小燕尽早出窝离巢。

及至雏燕出壳，及至嫩雏逐渐长大羽丰，食量与日俱增，排泄量也同步增加，整个那一片墙壁，已经被燕粪涂抹得不堪入目，地上也落着脏物。每有客人来，迎面看见这幅景象，总是说把窝捣了，太不像样子了。我忍耐着那份惨不忍睹，承受着那份脏，直到发现雏燕已经出窝试飞，终于下了逐客令……因为实在无法辨别瑚燕和草燕儿，便闭了门，一律拒绝燕子进屋，有点因噎废食的简单。

拒绝燕子，另有一个更硬的原因。我一个人住在这个祖居老屋里，常有出门的时候，短则一日，长则十天半月，走了就得锁门，燕子苦心巴力筑巢育雏，都会前功尽弃，甚或虐杀幼雏。即使精致的瑚燕，也无法容留。然而心里确实期盼能有一对瑚燕为邻为友，每天唧唧啾啾呢喃着，添一分生气和祥和。

真是令人喜出望外的事。早春时节去南方十天，回到原下老家时，我的第一发现，就是有燕子择定了居地。在前屋的后檐下，在那个粗大的挑梁和后墙构成的三角地带，有一个正在建筑着的燕窝。我一眼就看出来，那窝纯粹是用细腻的河泥垒堆的，一根一丝杂草也不见，据此可以断定属于精致的瑚燕窝。它选择的地方也太好不过，无论我在家或出外，都不妨碍它筑窝和将来育雏。

又是深圳速度。两只燕子轮番衔着泥回来，把泥团搭在茬口上，歪着小脑袋左按一下，右按一下，然后就飞走了。我很奇怪，一团一团的河泥里掺着细沙，本是很松散的，比普通黄泥的黏合力差得远了，怎么会黏结得牢靠？似乎村人说过，燕子嘴里自含胶。是说燕子的口腔里分泌一种可以使泥团增强黏结力的液体。无法验证，不得而知，反正那窝与日俱增着，速度极快。我在暗自庆幸遇合了这一对精致的瑚燕的愉快心境里，看着专心致志忙忙碌碌筑巢的燕子，常常浮出幼年的一幅难忘的情景来。

大约是我刚刚入学启蒙，还没有认下几个字的时候。某天放早学回家，看见父亲在后屋明间的脚地上锯一块小小的薄板，比我的课本大不出多少。我便问，锯这板干什么。父亲说给燕子架一个垒窝的台板。他说有一双燕子在屋梁上飞来飞去，有两三天了，估计找不到可以落泥垒窝的台板。叔父在一边不经意地说，等你给燕儿把台板架好了，它又不来了。父亲自顾自做着，在刨光的木板的一面，用毛笔写下四个大字，并问我，你都算是学生了，认不认得这几个字。我丝毫也不觉得难堪，因为父亲其实也明白我不可能认识这四个笔画很繁杂的汉字。他有点洋洋得意地念道：喜燕来朝。他继续以洋洋得意的口吻给我讲说，燕子是吉祥鸟，也是喜鸟善鸟，在谁家垒窝是喜事。我便问"朝"是什么意思。父亲"嗯"了一声，朝嘛也不敢说朝拜，咱是穷家百姓……叔父已经走开了。他几乎是个文盲，大约不屑看取父亲咬文嚼字的做派。然而父亲随之端来木梯，先在檩木上砸进两枚生铁方钉，再把木板架上去，又用细绳捆扎牢靠。我在梯子旁边瞅着"喜燕来朝"那四个悬在空中的毛笔字，积着灰尘结着隔年蛛网的老房旧梁，似乎顿然有了可期待的灵气了。母亲在催过我和父亲吃饭之后，随口说出几句关于燕子的歌谣：不吃你家米，不脏你家地，只借你家高房垒窝育儿女，也给你家添份喜……

我对燕子最初的认知和记忆，就是这天早晨留下的。父亲精心搭置的木板平台，真的招来了一对燕子。后来怎么垒窝、孵卵、育雏，年代久远，已不甚了了，只是清楚地记得，那对燕子不仅自己不在窝口拉屎，连它们孵出的雏燕的排泄物，也都转移到屋院以外的野地里去了。父亲说，燕子叼着虫回到窝喂小燕，出窝时就把小燕拉的屎叼走了，燕子这鸟比有些人还通灵性儿。这是事实，在写着"喜燕来朝"的木板上筑成的燕窝下面的脚地上，从来也没见过一次秽物，直到雏燕出窝。几十年后我才知晓，燕子中还有既脏地又脏墙令人生厌的草燕一类。据村人说，现在的燕子比过去多多了，村里好多人家都有燕子垒窝，十之八九都是粗糙的草燕，弄得屋里脏分分的，又不忍心赶出门去。瑚燕已经少得不成比例，愈显得珍贵，也愈难遇合了。我多庆幸啊！

看着最后一团湿泥干涸，再不见有新的湿漉漉的河泥垒加，我就明白燕子的这个建筑物大功告成了。这是怎样奇妙的一幢鸟类的伟大建筑啊：贴着墙的一面逐渐悬吊下去，形成一个小小的兜儿，然后又缓缓地朝前往上垒上去。最后收成一个仅仅只容得燕子出入的小口。我便可以推想，那个悬吊在最下部的兜儿，肯定是为产卵设计的，卵不至于乱滚，雏燕藏在这个兜底儿，恰如一个四面设围的摇篮，避免了瞎滚瞎爬而掉出来摔死的危险。这个燕窝是倚赖挑梁和墙壁平面屋檐的三角地带垒成的，根本没有用我父亲在屋梁上架设的木板作基础，也没有十余年前那对草燕在前屋电灯开关的木盒上垒窝的依托，难度就很大了。这是一个完全悬空的建筑。这是燕群里的一对建筑大师出神入化的杰作，令我叹为观止。可以断定，这是它们的父母无法教给它们的方法和技巧，也是无法从它们的同类那儿模仿的，因为根本不存在完全相同的垒窝筑巢的环境，一切都得依据具体环境提供的可能性，去构思去设计去施工。由此可以推想每一对燕子的每一次筑巢，都是一次重新开始的全新的创造，无法仿效同类，也无法重复自己。

我察觉新垒的燕窝呈现出一种静谧，只有一只燕子在屋院里偶尔掠过，估计这是那只公燕儿，母燕静卧新巢产卵了。我无意间也就放轻了脚步，出入后门走过头顶的那个神秘的燕窝时，自然生出一缕拘谨，生怕惊扰了它。想到再过一些时日，那神秘的窝巢里将会传出雏燕争食的声音，该是多么美妙哦！

外出一周回到原下，打开已经积尘的铁锁，首先想看一看前屋后檐下的燕窝，似乎没有任何动静。我便想到，可能正在产卵或孵卵哩，不到饿极，燕子是不会出窝的。几天过去了，我竟然没有发现燕子一次出入其巢，便有些疑惑，担心也就潜生了。后来就站在较远处的后屋前门口耐心等候，许久仍不见燕子出入的踪迹，倒是有两只甚至多只燕子出入前屋和后屋的大门，或在屋院上空旋飞，却不见进出窝口，这是怎么回事呢？又过了许多天，我终于断定，这个燕窝已是一个空巢，心里竟冷寂起来，猜想这对精心设计苦力构建了窝巢的燕子，不可能另择栖地重筑新巢，也不可能是被孩子虐杀，因为即使最捣蛋的孩子，也不会捉燕子的。我唯一能想到的是农药的绝杀。然而这个时节的乡村里，麦子已经接近成熟，早熟的水果都是不再施洒农药的。然而也不敢肯定，说不定什么人在菜园里喷了药汁……无论这种猜测的可靠性几何，结果却是不可改变的残酷，燕子确凿没有了，难得遇合的不脏我家地的瑚燕儿。

我的心里渐渐平复，在后屋里继续我写字或看书的事。某日中午，我撂下钢笔点燃一支卷烟，透过窗户玻璃无意朝前看去，看到一只麻雀从前屋后檐下飞出来，心里一惊，用水泥板构建的前屋后檐，没有任何鸟雀可以落脚的东西，这麻雀是不是从燕窝里飞出来的？我便走出后屋前门，站在台阶上想看个究竟。待了许久，再也看不到麻雀进出燕窝的奇迹发生，便想到刚才可能恰恰看见了一只从屋檐下掠过的麻雀，怪我多疑了，便又重新拾起钢笔。

当我再次点烟的时候，无意间又看见了从前屋后檐下飞出一只麻雀。这回我没有走出门去，就隐蔽在原位上隔着窗玻璃偷窥，果然，一只麻雀从屋檐上空折转下来，钻进那个燕窝里去了。我几乎脱口而出，雀占燕巢，千古奇观。随之就放声大笑了，笑得我都岔住气了。我读书读到有趣处时哑然失笑，是常有的事，有时候一个人走路想着某些滑稽可笑的事或人，也会暗自发笑。然而像这样的忍俊不禁的大笑，而且是我一个人独居着的偌大空寂的屋院，却是绝无仅有的事。真是不可思议！好你个麻雀兔崽子！任谁都知道鸠占鹊巢的故事，然而恐怕没有谁如我有幸亲眼目击雀占燕巢的滑稽了。那么精美的燕窝里，现在飞出来又钻进去的，竟然是土头灰脑的麻雀。乡村人惊奇这类不可思议的怪事时常说，奇哉怪哉，楸树上结串蒜薹。现在恰好可以套用乡村人的这个句式，奇哉怪哉，燕窝里飞出麻雀。我突然想到那位诡秘奇思的天才作家蒲松龄，编尽了天下妖魔鬼怪的奇事轶闻，怕是也想不到麻雀竟会占据燕巢。我听说过蛇和老鼠钻进燕窝偷食燕蛋的事，并不为奇，只觉得残忍。然而麻雀怎么可能欺侮燕子呢？

在鸟儿的王国里，有益鸟和害鸟之分，这是人类按鸟的习性对自身的利害而作出的划界。如果就鸟儿王国本身而言，有食肉类和以草虫为食物的区分。食肉一类的鸟如鹰、鸠、雕、鹞等，以捕杀各种鸟儿和小型动物营养自己，甚至凶残暴戾到敢于攻击人类，它们是鸟类王国里的侵略者。以各种植物的叶子和果实或小虫为食物的鸟儿，是鸟类王国里的"各民族人民大众"，在广阔的大地上寻觅自己喜好的嫩叶、种子和虫子，互不干扰互不威胁和平共处。鸠占鹊巢就是鸟类王国里恶对善的欺凌。鸠是嗜血成性的凶鸟，而鹊是被人作为报喜禳灾的喜鸟而钟爱的。我却突发奇想，鸠残忍地捕杀喜鹊一类善鸟可能是时时发生的事，而鸠霸占喜鹊窝巢的事恐怕谁也没有亲眼目睹过。我见过无数的喜鹊窝巢，是鸟类中最不讲究最潦草的一种，用比较粗硬的树枝杂乱无章地搭压在一起，疏漏如同罗眼。这样的窝，鸠怕是看不到眼里的。鸠占鹊巢无非是寓示恶对善的欺凌，强武对弱势的霸道，没有谁去勘察鸠是否真的霸占过鹊的窝巢。

麻雀却霸占了燕子的窝巢，我已先睹为快。

麻雀在鸟类王国里，无疑属于弱势一族中的弱势，那么小的体形，对任何鸟儿都不会构成威胁。在人类的眼里，不该被视为与人争谷的害鸟而曾被动员起来的8亿人民（1958年全国人口）围歼，即使为其平反之后，人们也没有太在乎过它，小孩子们的弹弓首先瞄准的还是麻雀，这个被凶鸟欺压也被人类轻贱着的小小麻雀，却可以欺侮燕子。而燕子在人的眼里和心里，自古都是颇为高贵的可以享受"喜燕来朝"架板的贵宾。如果用人类拳击的规则来度量，麻雀和燕子属于同一个量级，大约都不过0.1公斤的体重吧。然而麻雀却可以以武力霸占燕巢，怕是燕子生性太善也太娇弱了……我这样推测。

我把这个类似"楸树上结了串蒜薹"的奇事讲给村里人，听者哈哈一笑便解谜了。村人说，麻雀根本不会和燕子动武。

麻雀根本用不着和燕子动武。麻雀只要往燕子窝里钻一回，燕子就自动给麻雀把窝腾出来了。为啥？麻雀身上的臊气儿把燕子给熏跑了。燕子太讲究卫生了，闻不得麻雀的臊气。哦！这又是我料想不到的学问，一个令我惊心的学问。

鸠以武力霸占鹊巢，如同人类历史中大大小小的臭名于世的侵略者，人们恐惧他们的暴力，却不奇怪他们曾经的出现和存在。然而麻雀呢？虽不具备如鸠一样的强力和嗜血成性的残暴，却可以用自身的腥臊气味把太过干净的燕子恶心一番，逼其自动出逃，达到如鸠一样霸占其巢的目的，而且不留鸠的恶。由此类推到自然界，如若蛆虫爬进了蚕箔，蚕肯定会窒息而死，其实蛆对蚕是不具备攻击力的。如若把一株臭蒿子栽到兰花盆里，后果将不言而喻。再推及到人类社会生活中的臭与香、丑与美、恶俗与高雅、鸨婆与林黛玉、泼皮无赖和谦谦君子，其实是不必交手结局就分明了。

这例成为我开心的一大景观。我站在台阶上抽烟，或坐在庭院里喝茶，抬头就能看见出出进进燕窝的麻雀的得意和滑稽，总忍不住想笑。起初，麻雀发现我站着或坐在院里，还在屋檐上或墙头上窥视，尚不敢放心大胆地进入燕窝，一旦我转身进屋，哧溜一声就钻进去了，还有点不好意思的心虚，显现出贼头贼脑的样子。时间一久，大约断定我其实并不介入它占燕巢的劣行，就变得无所顾忌的大胆了，无论我在屋里或檐下，它都自由出入于燕窝。我也就对麻雀吟诵：放心地在燕窝里孵蛋，再哺育小麻雀吧！毕竟也是一种鸟。

俏了西安

西安俏了。俏得让那些老西安人常常发出喟叹：噢、噢、噢，这条大街就是早先那个鸡肠子似的巷子嘛！啥时候修得这么宽敞……人们在新的城市格局的每一个路口或每一座新的建筑物面前，总是忍不住钩沉昨天的记忆，这种喟叹便浸润着生活进步社会变迁的历史性韵味了。

急骤的变化仅仅是十余年间的事。

我是80年代初从灞桥区调入省作家协会的，作协所在的建国路还算得上一条比较宽大的街道，那时候隔五六分钟才过一辆卡车或小车，行人可以悠闲地在街道上晃荡，孩子在马路中间嬉戏，甚至有人在街道中间打羽毛球。而今要横过马路需得左顾右盼以至焦灼等待，几乎首尾相接的机动车从早一直流到深夜。

当年，整条建国路上只有一家食堂，在西南十字路街口，市商业系统下属的一家国营食堂，卖素面和肉面，还卖羊血泡馍，啤酒是散装的，两毛钱一碗，碗是粗瓷黄釉的大号老碗。

已是专业作家的我仍住在乡下,每逢奉召回作协开会,中午便在这里花两毛钱买一碗羊血,一毛钱买两个烧饼,奢侈时再加一碗啤酒,五毛钱下了一回馆子,心满而意足。那时候的工资是五六十块钱,收入和消费正好合适。几年间,这条街上高档酒店和风味小吃店竞相开张,门面也越换越新,灯光亦越换越亮,价钱自然也是越换越高,然而食客仍然涌现不断。那家卖羊血泡馍的低矮的食堂作坊早已被高楼所代替,刘家兄弟开了家令人忍不住冒险欲望的蝎子酒宴。民航售票处、证券交易厅门前,如涨潮和退潮的人群标示着股票行情和股民的忧欢……无论如何,在我喝着大碗啤酒嚼着大碗羊血泡馍的那几年里,无法料知蝎子会作为美味佳馔摆上餐桌,更无法料知股票会在我们的社会生活中牵扯人们的忧欢。

如果再沿着记忆之河溯流而上,我记得 70 年代中期以前的西安四条大街上,骡马拉的大车畅行其道,只要求每匹牲畜的屁股下设置一只接纳粪便的布兜,而尿是可以任意撒的。再追溯到 50 年代中期,我在东关读初中的头年冬天,每到傍晚,铺天盖地的乌鸦在天空盘旋,凄丧的叫声令人毛骨悚然,蹲在操场上晚餐的学生们,常常会被从天而降的排泄物所击中,或头上或身上或饭碗菜碟里。这些乌鸦夜栖在东门城楼层叠的木檐下,天明又飞到城外去觅食了。那时候的东门城楼漆彩剥蚀,塌檐断瓦,像一个风烛残年衣履残破的老人。

我现在的住地就在东门内,看着这门楼重新抖出威风重新焕发新姿重新现出昔日（始建时）的雍容和气度，往往忍不住感慨：十余年间西安人做了多少大事，50年本来又应该做成多少大事，而"文化大革命"的十年又破坏了西安人的多少好事耽搁了多少大事！正在发展的生活和已经逝去的历史才是透视一切的镜子。

大约是十年前，我在西安出的一家报纸上看到过一篇北京一位作家写的西安印象的文章，有一个令我吃惊的观点。他看到西安端南正北端东正西以钟楼为中心的四条大街，以及西安井字形的街路布局，便大发感慨，说端直的道路客观上造成了西安人的思维的简单，直戳端出不会拐弯亦不会多向思维，是西安包括经济、文化等诸方面滞后的原因。

就我有限的阅历，中国的城市凡是建筑在平原上的，无论古都还是新城，大都是井字交叉的大街或小巷，似乎没有哪个城市的创始者为了表示思维的多维性和多向性，故意把大街或巷道多拐几道弯儿。贵阳、重庆那样的山城受地貌的限制自不能作佐证，上海和天津的弯曲街路多是租界地里的洋人们按照自己的势力范围制造的畸形，是中国人的不大愉快的一块旧疤，恐怕也很难牵强到多向思维这个话题上头来。

我便和朋友调侃，以西安端直的街路而判定西安人属端直思维的人，其思维的简单和端直正好应该和西安的街道一样。

西安保存下来全国唯——圈完整的古城墙，不仅对西安，而且对于这个泱泱大国的古代文明来说，正好留下一个完整的标志，一道不可复原复制的古代城池的标本，弥足珍贵。开放的西安获得了自己的发展，终于有财力修复残缺破损的城墙，终于完成了城墙的"点亮"工程。入夜，美丽的古城的轮廓可以使我们笑慰古人，亦可骄傲地指点给海内外的朋友。

又是前几年，我在一家报纸上看到一篇嘲讽西安人的文章，说西安人思想保守观念落后的象征便是这城墙，城墙是一个封闭的思想象征。我在此便先抬杠，秦岭山区和边疆草原，没有任何墙作为封闭的障碍，事实是那里至今仍然是要扶贫脱贫的最落后的地区。那里到处都是弯曲的小路，而人们的思维却看不到多维与多向。

在开放的中国和中国的西安，在即将进入21世纪的临界线上，一座明代的古城墙怎么能封闭现代西安人的思维和西安人的观念？现代高科技现代网络信息现代新的知识，难道依靠马车和云梯翻越城墙闯入城门洞么？

作为一个西安市民，我真是感激那些为保存西安城墙的完整和完美而表现出远见卓识的人们，这是一种悠长的历史和深沉的文化意识。我也同时期望着，这座古都曾经在国家和民族的漫长的历史长河中的独有的辉煌，在现代西安人的手里得以重现。

关山小记

汽车刚钻进山，车里的朋友就兴奋起来，争相发出连续不断的赞美的话语，夹裹着由衷的惊诧的叫声，近似鼓噪，不过从口吻声调判断，还属真实。想想这些长年出入高楼行走在水泥沥青马路上的人，眼里看的是瓷片玻璃鼻孔吸入的是种种废气，时下又正当溽热难耐的三伏，突然钻进这不见人烟的群山之中，仅生理心理的本能性舒悦就足以开怀了，况且全都是挟有绝技绝招的文墨人，更敏感也更习惯表述。

这山也真是美。在仅容得汽车穿过的窄道里，两边或陡直挺立或悬空扑突的青色岩石，轻易就可以把钢铁制品挤弯压扁。溪水就在车轮下飞迸着水花，喧闹出弥天铺地的浪声。车在群山里盘绕，一会上了一会下了，眼前的空间一会宽了一会窄了，瞬息变幻着的景致，却再也激发不起朋友们的大呼小叫了。也许是目不暇接了，也许是喊得累了。车子再翻过一道缓坡横梁，眼前展开一片宽阔漫长的谷地，峭壁陡峰早已不见了踪影，溪水隐没到草丛里去了，满眼都是浏览不尽的绿草，在西斜的阳光下迭变着色彩，人被狭谷窄道挤压过的心胸顿然舒展开来，又是一片惊诧的咏叹。

这是关山。我这回是专意瞅着关山来的。

我对关山的向往，是两年前电视播放的一则风光片诱发的。记得是在一场顶级足球比赛的场间休息时随意转换频道，不经意间看到一片奇异的高山草地，一下子就被吸引被诱惑住了。起初竟然以为是异国风光，而且与在图片和荧屏上见过的阿尔卑斯山的风景叠印在一起；后来听着优美抒情的解说词儿，才知道这是中国的关山草原。更令我始料不及的，这关山就隐藏在秦岭山地里边，属于陕西陇县辖地，离西安不过三个多小时的车程。我在那一刻就有了"养在深闺人未识"的惊喜，向往也在那一刻注定了。现在终于逮着机会，直奔关山来了。

一眼望不透的高矮起伏着的群山。这里的山已经不见秦岭的陡峭挺拔威严凛峻，却是一派舒缓柔曼的气象，从山根到山顶，坡势拉得悠长，一种自在自如的娴静和浅淡。由近处望到远处，山头都被绿树笼罩着，近在眼前的是一派惹眼的葱绿，越往远处颜色渐渐加深到墨绿，再到目力所及处和雾气灰云混融了，完全看不出绿色了。这里的树林颇为怪异：从每一座山头覆盖下来，到半山腰便齐崭崭收住，形成一道密不透风的绿色壁垒，看去颇为壮观，往往使初见者误猜为人工有意所为，其实是自自然然形成的地理地貌性奇观。山腰往下直到河谷，漫坡漫川都是绿毡铺着一样的野草，草里点缀着黄的红的紫的白的小花。这山里的世界就显得十分简洁，绿的树和绿的草，树占山腰以上，草铺山腰以下。这种简洁的美是一种大气象的美，是舍弃了繁复舍弃了芜杂也舍弃了匠心的美，非浏览过千番景致也见惯了各种色彩的大手笔不可造得。这当然是大自然的神笔造出的神韵，却也启示舞笔弄墨泼彩的文人画家，不可把一种自营的色彩色调说绝了。

从河谷里随意走过去，走过一个山间谷地再到一个山间谷地，每一道沟每一面坡都各有风姿，绝不重复类近。然而稍微留心，或浅短或长远，或伸直或斜延，那一面面坡一道道梁，其走势其形态都显示舒缓优雅自在自如气韵酣畅神闲气定，一弯一转一扭一回旋，都丝毫不显急促，更不见猥琐，如一张张锦帛一条条绿绸随着轻微的山风随意飘落。我不止一回提问自己，这是秦岭吗？以陡险雄峻闻名的秦岭，到这里却呈现出一派舒缓柔曼的姿态和情调，当可看作伟岸凛峻的大丈夫的躯体里，原本怀有诗意绵绵也情意绵绵的软心柔肠。

关山和秦岭一样悠久，却是山系里的壮年汉子，多少万年以来，这天赐的美景只是默默地自我欣赏。在20世纪后半段的几十年里，这里是繁殖培育骑兵所用战马的军事禁地，旁人不得进入。再说那时候的中国人，无论城乡，都是数着粮票掐斤扣两过着日子，不仅没有游山逛景的资本，而且作为一种意识都不为当时极左的时风所容忍。现在时风开化了，一部分人可以在衣暖饭饱之后派生游逛的"余事"了。骑兵已经从中国军队的兵种里悄然消退了，关山军马场相继歇业关闭了，然军马却在山沟野洼乡民的屋院里繁衍。现在，这里最能引发游人好奇的项目是骑马，近处和远处的男女山民牵着自养的良种军马，争先恐后地把马鞭往来此散心的城里人的手里塞，甚至拽着游客的胳膊往马背上掀，竞争到了空前激烈的状态。马们是无所谓的，驮着这些城市来的先生女士老汉老太小伙姑娘，听着他们在自己耳后发出的惊惊吓吓嘻嘻哈哈的声音，祖传的血液里的冲锋陷阵蹄踏敌阵的血性和激情荡然无存，只是懒洋洋地溜达。我的朋友们都上了马。我无端地谢绝真诚的乃至不可理喻的邀约，只有一个托词，我属马，自己不好压迫自己。

我便独自一人在夕阳即逝的草地上随意走着。我迎面碰到草地小路上一位骑自行车的小伙儿。小伙儿眉眼很俊，黑眼睛灵活而聪慧。我和他有一段简短的交谈，得知散落在一道一道沟谷里的山里人家，除了种包谷土豆自供吃食，主要是饲养放牧羊和马。羊供游人们烧烤，现场宰杀，架火烤全羊或羊肉串儿，从维吾尔族蒙古族那里学来的烧烤技术。马除了供游人骑玩，更多的是卖给客户，听来有点残酷。小伙儿告诉我，上海年年来人收购，有多少要多少。听说买回去抽血直到抽干，抽马血做啥用咱就不知道了……听得我毛骨悚然，身上直起鸡皮疙瘩，顿然意识到属马不骑马的自我约律没有一丝意思了。

小伙子跨上自行车远去了。暮色里可以看见前边山口有一堆瓦顶房子，不过五六户人家。我往住地走过去。绵软的草地已经有湿气潮起来。包括我在内的城里人到这里来散心，来赏景，来换一口清新干净的空气，体验一回骑马的新奇感觉，明日回去又陷入城市的文明和喧嚣之中。山民们大约对这里的树这里的草这里的空气，早已习以为常，只有尽快把长成的羊和马卖出去，欢悦和窃喜才会产生。美丽的类近阿尔卑斯山风貌的关山的景致，对他们只有谋得生存的真实含义。

　　夜色完全落幕。阴沉的天空尽管没有星月，还是能够看到天和地的分界，那是群山顶上的树梢，在天空画出的起伏着的优美曲线，凝然不动。我回到住地场院，听到聚在灯光下的一堆游客在议论，有人说咱们有这样好的山地和草原，外地人却把陕西一概印象为风沙弥漫的黄土高坡，全是那首破歌惹的祸……"大风"把陕西全刮光了。

　　我想这肯定是个乡土自尊比我还强的陕西人。

活在西安

又一部历史题材的电视连续剧《大明宫词》轰动了，西安一家发行量居高的报纸在报道这一久违的盛况时，用了"风卷荧屏"作为标题词，是没有夸张的。我也是被"风卷"的一个观众。是的，似乎好久好久了，屏幕上甩来晃去的尽是那根令人作呕的猪尾巴式的辫子，呕心到使人吃饭时不敢轻易打开电视。《大明宫词》使我看见了中国人的别一种形态，即距今大约1500年前的中国唐朝人的生活形态，尽管这种生活形态基本局限于宫廷深闺之中，尽管这种生活形态只能看作是千余年后的今人对唐人的猜想和模拟，然而仅那服饰、发型、礼仪和宫廷的建构和饰物，似乎都显示着一个年轻王朝的气度和活力，起码少见猪尾巴辫子里的油垢所散发的龌龊和卑琐。且不论宫廷王座上下演绎着怎样惨烈的争夺，也不论大明宫里的争夺和拖着猪尾巴式辫子的人们在故宫里的争夺有何相似相异之点，我只是有一种最肤浅最外在的感觉：在我们的漫长的封建帝制的历史中，处于鼎盛时期的唐人和处于帝制末日的猪尾巴们的差异，就如一个青春汉子与一个垂死于棺材边沿的昏朽者的那种既十分截然又难以叙说的差异。

看着屏幕上那些唐人的雍容和威仪，女人们包裹很浅的胸脯，我的思路总是偏离开颇为激烈紧张的剧情，陷入作为一个纯粹的西安人的癖好：这些人和这些人的曲折的故事，就发生在那时称长安的今天的我生活着的西安吗？她们拖地的长裙和高贵的软靴，就拖在踩在西安北郊的那片被荒草掩遮着础石的大明宫遗址里头吗？简直不可想象也不可思议，西安曾经在千余年前那么风光那么神气过？这就是被外地人甚至本地人几乎一致看作封闭、顽固、落后、唯恐逃之不及的西安吗？面对那个只容许想象而不堪对照的辉煌，后来的西安人的我真是觉得羞了唐人这个祖宗先人了。

手边正好有一本刚刚出版的第三期《延河》杂志，刊登着上海女作家潘向黎的散文《东边我的美人西边黄河流》，开篇便直言不讳——你愿意生活在哪个时代？有一天，突然有人这么问我。

——唐朝！当然是唐朝。作为中国人，我想象不出比那个时代更让人向往的了。

潘向黎的这篇散文写得见情见性，挥洒自如，字里行间跳荡着她如同咸阳原上游侠少年那样饮酒纵马的豪情和逸致。那个时代的唐都长安的繁荣和文明，我是无法想象的。据说包括日本等邻国和以卷发深眼美髯为特征的波斯人，求学经商学佛取经以及朝拜者无以数计，单是取得"绿卡"长年定居长安者不下三万人，不少人已经进入长安社会生活的各个领域，有的甚至进入王朝深宫的中枢部位。高度的文明和超级的繁荣产生吸引力,也拥有自信、雍容大度和巨大的包容性,对外可以容纳整个世界的来宾,对内自然不会在乎咸阳原上最早出现的那些"嬉皮士"式的游侠少年的飞扬跋扈和放荡不羁了,恐怕只有小气的王朝才计较百姓口里说了什么脚下踩了什么。

千余年来,这个长安一步一步萎缩下来,明洪武年间重新整修的保存至今的这一圈城墙,尽管在全国属于独一无二的规模最大最完整的古城墙,其实仅仅是唐长安城的七分之一。我曾泛起小孩的童趣加以想象,也终究想象不出七个现今西安城区的规模会是怎样的一种格局和派势!真是无可奈何花落去,废都的萎缩是不可逆转的。

最可怕的萎缩在心理和精神上,自信不起来,雍容大度也流失一空了。落后陈旧所酿制的过时的腐气和霉气挥斥不去。外边的人来这个城市的目的,首先是看地下埋藏的作为往昔文明和繁荣的殉葬品,陶制的秦军兵阵所模拟的阴司其实吓不住一只苍蝇的威严;或是偷窥唐公主墓道里已经脱皮掉渣的壁画上女人们敞开的胸脯,不无淫酸之气地啧啧一声:"我们的祖先早就'性解放'了嘛!"落后就要挨打,这是就一个国家在世界格局中的情形而言;在一个国家之内,落后的地区和落后的省份就会被轻视被不在乎,甚至连落后地区的本地人也常常自我嘲讽和自轻自贱。有一位来自较发达城市的作家逛了一圈西安,然后把逛感发表在西安一家报纸上,最引人注目的一句结论是,四堵城墙封闭着西安人的思维，西安端端正正的井字形街道造成了西安人的思维的简单，因为走路不拐弯也就不动脑筋了。如果这话可靠这个诊断准确，我真想建议省和市的领导拆除城墙，同时把井字形街道改造成曲里拐弯的形状来，起码让后世子孙从学步就开始走弯路动脑筋形成复杂思维。只怕未来的子孙嘲笑提出这个观点和实施这个"药方"的人同样犯下简单思维的幼稚病。没有办法，活在西安的我，现在还得忍受诸如这种简单到轻薄的思维的轻视。

近年间，省和市的党政领导不断更替，然而一个决心却一脉延续下来，这就是：重振汉唐雄风。切实地想来，这个距离是比较大比较远的。作为古长安和广而大之的三秦地域的当代领导人，以如此的雄心和使命感去奋斗那个汉唐雄风的目标，确是令人鼓舞的。其实，西安和陕西已经有许多可以骄人骄世的且是无可替代的"拳头"了。一位在国防工业系统的作家告诉我，五十年大庆通过天安门广场的天上和地下的兵器，其中一半产自陕西，长起的就不只是西安人的自信和豪情了，只是这些家伙不能像粤港京沪的新型消费品那样摆上超市的柜台，然而一个民族的脊梁却毕竟硬朗起来了。

汉唐雄风，一个遥远的梦。当今中国的发展方略能够产生这样的梦，直到实现这个美梦，肯定不是一代两代人的事，然而开发西部的方略已经启动，行程已经开始，总是会逐步接近以至达到的。到那时我将会是一个幽灵，邀上也许还健在的潘向黎，去观赏咸阳原上超现代的游侠少年的风姿，当是一种慰藉。

乡村，喧哗与骚动

《抽搐》是我近年来阅读的唯一一部描写中国乡村现实生活的小说。

整个阅读过程中，我多次不禁惊问，是这样吗？中国乡村的现在时是这样子运行着吗？当然，这是小说，永远无法去印证的事。这种惊异的自问源于两个因素，一是我较长时间离开乡村，早已失去了对乡村生活脉搏的把握，所谓底虚，引发的自然是不自信，被王焕庆所叙述的乡村里正在发生着的故事震惊了。再者，魏家庄的老一代和年轻一代男人女人所演绎的故事，与乡村经济改革之初冯幺爸在乡场上和陈奂生在城里及李顺大造屋过程中所发生的故事，真有隔世的恍然之感了；更不必说蛤蟆滩上的梁生宝和东山坞的萧长春，与他们相比较，真不知读者会发出怎样的感慨与浩叹了。

魏家庄里的生活秩序和生活氛围，既不是我记忆中的真实的乡村生活气象，也不是我此前阅读过的那些乡村小说所留下的印象，人物更是迥然不同了，惊异以至惊骇就是不可避免的阅读感受了。自以为在乡场上站立起来的冯幺爸、得意于可以住旅馆的陈奂生、因能够造起新房子而欣慰的李顺大以及他们的第二代，在急骤的乡村生活演变的潮流里，经历着怎样的、新的，又是意料不及的难题？《抽搐》里男男女女老老少少正在演绎着的故事，可否看作是冯幺爸、陈奂生、李顺大们后来发生的心理秩序的流变？魏家庄里发生的三个家族两代人之间近乎惨烈的分化与组合，传导着中国乡村正在发生着的喧哗与骚动。我因此而可以触摸时下乡村生活的脉搏。

魏家庄里的喧哗和骚动的最直接表征，是三家两代原有的生活位置的变异和紊乱，在这些令人眼花缭乱的变化和位移中，一个起着极为突出作用的东西就是金钱。

首先是暴富的李家父子，几乎循着同一条道堕落，父亲李庆堂嫖娼狎妓，气死了老伴；儿子柱子四处拈花惹草，祸及家庭伤害贤妻絮儿，一个曾经温馨的家庭分崩离析，水寒汤淡。金钱使魏家两代、兄弟二人反目成仇，玉财在金钱的驱使下从六亲不认到杀人掠财，着实令人惊骇；倚仗弟弟在官场的特权而轻易发财的黑大杆儿，流氓无赖的本性急骤膨胀，以财掠色达到肆无忌惮、寡廉鲜耻，落得个残酷的报复；当权者魏继明以权易钱、以权掠财，似乎反倒于世不惊，虽小巫一个，却与胡长清之流的性质并无二致。

在金钱的追逐和"叼取一块肥肉"的种种伎俩中，我们看到了一个个灵魂的异变和扭曲：一时得手的得意，一朝跌翻的痛心，五花八门的心计，花样翻新的寻欢作乐……金钱成了黏合剂，把互相投机者黏合在一起，把各求其需的男女凑合到一张床上；金钱又似分离液，把父子兄弟亲情、夫妻恩爱顿然瓦解；金钱又如一尊铜镜，映照着一张张乍喜即悲的脸孔和舒而又抽，抽而又舒的扭变的心灵。

无需裁判金钱的意义。这是一个仅限于20世纪80年代初的特定环境里，已被中国人热烈讨论过的、至少过时了200年的常识性问题。读者关注的焦点不在此，作者更不在此着意。在中国农民从20世纪80年代初开始的致富潮流里，作家王焕庆选取这个魏家庄，展示给我们的是一幅无序的骚动与喧哗的图景，透视出进入商品经济的乡村所发生的冲击道德、良知、家族和婚姻等领域的变化，乃至更为深远的历史和文化之脉。《抽搐》里的人们所发生的故事，两代男女在追求生活理想的途程中的悲痛与欢乐，我似乎在城市生活的进程中也感受到了同样的东西。这样，《抽搐》的内蕴就不仅仅局限于乡村了，起码可以说是当代生活进程的一部流变图了。

在急迫的致富欲望的驱动下，魏家庄的男人和女人骚动不安，掀起巨大的喧哗声浪，构成了生活发展到20世纪末的一幅前所未见的社会氛围。在未来的多少多少年之后，人们回望20世纪末中国社会形态的时候，《抽搐》当是一部生动的参考书。

在实现新的生活理想的机遇到来的时候，魏家庄的男女便各择其径各显其能了。每一个男人和每一个女人的生活轨迹，都呈现着各自的心理秩序的裂变，从平衡到倾斜，从平静到紊乱。骚动就是在这种心理秩序的裂变中产生的，喧哗乃至尖叫也是这种从平衡到倾斜、从平静到紊乱的过程中发出的。人的普遍的心理秩序决定着社会秩序和社会氛围，这是常识。

决定人的心理秩序的诸种因素，诸如知识、观念、法律等，而最终的支点是道德。道德的颠覆是最后一根柱梁的倒塌。（自然，道德有文明与陈腐的不同属性，不在此议。）从《抽搐》里我看到的是观念更新造成的心理失衡，这是魏家庄的男女精神复兴的标志；也看到作为人的基本道德在对金钱的追逐过程中和获得以后的颠覆和丧失。老关的家园守望可以类比为唐·吉诃德；魏玉刚作为一个全新的道德坚守者，预示着魏家庄的未来和希望；玉财道德梁柱的彻底毁弃，使法律的构架无以依附，达到新的心理平衡的可能性微乎其微；絮儿心理秩序的紊乱是被祸及的，唯其坚守的痛苦和艰难，显示着人性美的光芒；柱子的心理秩序是一个最完整的平衡—紊乱—再平衡的过程，生活造成的紊乱又由生活本身修复到新的平衡。这是人性的更新层面上的升华和进步，更值得我作为一个读者来庆贺。其余人物，各具这种从平衡到紊乱再到新的平衡历程中的欢乐和痛苦，所谓心路历程。可以预设的是，这种心理秩序的颠覆和修复的过程，不会是一次完成的，在新的挑战和新的生活现象发生的时候，魏家庄的男女还会发生新的裂变和新的再建，人就这样更新着前进着，社会就这样组合着推进着。

《抽搐》的生动性和真实性全赖于此，把握住了各色人物的心理秩序的变异过程，就把握住了人物的心理真实，个性自然就跃然纸上了。

家之脉

女儿和女婿在墙壁上贴着几张识字图画,不满3岁的小外孙按图索文,给我表演:白菜、茄子、汽车、火车、解放军、农民……

1950年春节过后的一天晚上,在那盏祖传的清油灯下,父亲把一支毛笔和一沓黄色仿纸交到我手里:"你明日早起去上学。"我拔掉竹筒笔帽儿,是一撮黑里透黄的动物毛做成的笔头。父亲又说:"你跟你哥合用一个砚台。"

我的三个孩子的上学日,是我们家的庆典日。在我看来,孩子走进学校的第一步,认识的第一个字,用铅笔写成汉字的第一画,才是孩子生命的开启。他们从这一刻开始告别黑暗,走向智慧人类的途程。

我们家木楼上有一只破旧的大木箱,乱扔着一堆书。我看着那些发黄的纸页和一行行栗子大的字问父亲:"是你读过的书吗?"父亲说是他读过的,随之加重语气解释说:"那是你爷爷用毛笔抄写的。"我大为惊讶,原以为是石印的,毛笔字怎么会写到和我的课本上的字一样规矩呢?父亲说:"你爷爷是先生,当先生先得写好字,字是人的门脸。"在我出生之前已谢世的爷爷会写一手好字,我最初的崇拜产生了。

父亲的毛笔字显然比不得爷爷,然而父亲会写字。大年三十的后响,村人夹着一卷红纸走进院来,父亲磨墨、裁纸,为乡亲写好一副副新春对联,摊在明厅里的地上晾干。我瞅着那些大字不识一个的村人围观父亲舞笔弄墨的情景,隐隐感到了一种难以言说的自豪。

多年以后,我从城市躲回祖居的老屋,在准备和写作《白鹿原》的6年时间里,每到春节的前一天后响,为村人继续写迎春对联。每当造房上大梁或办婚丧大事,村人就来找我写对联。这当儿我就想起父亲写春联的情景,也想到爷爷手抄给父亲的那一厚册课本。

我的儿女都读过大学,学历比我高了,更比我的父亲和爷爷高了。然而儿女唯一不及父辈和爷辈的便是写字,他们一律提不起毛笔来。村人们再不会夹着红纸走进我家屋院了。

礼拜五晚上一场大雪,足足下了一尺厚。第二天上课心里都在发慌,怎么回家去背馍呢?50余里路程步行,我十三岁。最后一节课上完,我走出教室门时就愣住了,父亲披一身一头的雪迎着我走过来,肩头扛着一口袋馍馍,笑吟吟地说:"我给你把干粮送来了,这个星期你不要回家了,你走不动,雪太厚了……"

二女儿因为读俄语,补习只好赶到高陵县一所开设俄语班的中学去。每到周日下午，我用自行车带着女儿走七八里土路赶到汽车站，一同乘公共汽车到西安东郊的纺织城，再换乘通高陵县的公共汽车，看着女儿坐好位子随车而去，我再原路返回蒋村——正在写作《白》书的祖屋。我没有劳累的感觉，反而感觉到了时代的进步和生活的幸福，比我父亲冒雪步行50里为我送干粮方便得多了。

父亲是一位地道的农民，比村子里的农民多了会写字会打算盘的本事，在下雨天不能下地劳作的空闲里，躺在祖屋的炕上读古典小说和秦腔戏本。他注重孩子念书学文化，他卖粮卖树卖柴，供给我和哥哥读中学，至今依然在家乡传为佳话。

我供给三个孩子上学的过程虽然也颇不轻松，然而比父亲当年的艰难却相去甚远。从做私塾先生的爷爷到我的孙儿这五代人中，父亲是最艰难的。他已经没有了做私塾先生的爷爷的地位和经济，而且作为一个农民也失去了对土地和牲畜的创造权利，而且心强气盛地要拼死供给两个儿子读书。他的耐劳他的勤俭他的耿直和左邻右舍的村人并无多大差别，他的文化意识才是我们家里最可称道的东西，却绝非书香门第之类。

这才是我们家几代人传承不断的脉。

唏嘘暗泣里的情感之潮

我确实喜欢关中地方戏曲，秦腔不用说了，也喜欢眉户，还有民间艺人演出的合阳线胡儿和华阴老腔等。能够诱发我再三观赏的，则多是历久不衰堪称经典的传统古装戏。而以当代现实生活为题材创作的眉户剧《迟开的玫瑰》，却让我看过三回后还不满足，又找来剧本从从容容读一番，可见其独具超凡的魅力。

我至今依然记得《迟开的玫瑰》演出时剧场里那种感人的氛围，不时爆响的掌声且不说了，而潜伏在每一次掌声落下之后的屏息静气里的唏嘘暗泣的声音，形成一波又一波涌动着的情感之潮，与舞台上的人物交融呼应。尽管我看了三回，每一次都能很自然地沉浸其中，而且每一次都抑制不住热泪涌流，根本无法保持观赏者的理性状态。在我看来，《迟开的玫瑰》完全不属于戏剧分类概念里的悲剧。没有奸邪势力制造的冤狱命案，也没有妻离子散这些作为悲剧的惯常内容，却如何酿造出这样令观众泪飞如雨的感情场面？是一种崇高的人格，一种以善良为内核的道义。这种崇高的人格是真实的，善良是朴素无华的。从生活升华的艺术真实，就有了浸润以至震撼观众心灵里最富于共性的那根弦儿的力量。在乔雪梅这个大善至美的灵魂面前，我和同场数以千计的从事社会各类职业的观众，都在不知不觉中完成了一次灵魂的自我检测。值得庆幸的是，我们尚能保持那根道德神经的敏感和软弱，尚未被某些时髦话语鼓噪耸动而膨胀起来的极端欲望所麻木或硬化。

这个闪耀着崇高和纯美的道德之光的乔雪梅，她的生活环境和生存形态，和当下乡村或城市的无以数计的普通中国人毫无二致；她的理想追求、人生愿望和同时代的这一茬青年男女也完全相通；她的家庭遭遇的车祸和病灾，也称不上任何离奇，任何一个家庭都可能遭遇这种类似的灾难，或者因为自然环境以及非本人因素导致的家庭困境。正是在这种具有普遍性意义的人生路途上，乔雪梅面对困境时逐渐显示出来的人性之大美，所显示的广泛的感召力就很自然地发生了，观众抑制不住的暗泣和唏嘘，是感同身受情感交流和心灵的呼应。她在家庭困境里的人生选择，是放弃已经铺展到脚下的红地毯，承担起照顾瘫痪父亲和幼年弟妹的生活重担，支撑起一个面临破碎的家庭，真让我联想到甘愿自己下地狱，而放兄弟姐妹到灿烂光明世界去的那个有着壮美襟怀的英雄。然而，乔雪梅面对的不是重大历史事变里的义无反顾的人格和道义的坚守，也不是官场、商场里的正义和投机的较量，她面对的是父亲的轮椅，是需要扶携的弟妹们的温饱和求知渴望，是每天米面油盐青菜的掐算，和同代人诱人的光圈和庸俗不堪的时髦时尚的刺激灼伤。就在那样的境况下，她不仅让绝望的父亲享受到生活的温馨和欢乐，更重要的是引导弟妹们一个个走出困境，抵达各自人生成功的第一个驿站，为社会奉献自己的聪明才智。这样看来，她与那些肩扛灾难之门成就众生的英雄，在精神人格上是相通的，而正因为她是一个不起眼的普通市民，除了获得人们像对英雄的那种尊敬之外，更多了无隔的亲近和亲和。

乔雪梅的精神取向和道德内涵，是我们民族传统的美德，自有文字以来就推崇着这种美德。然而，他又不局限于传统，更不仅仅局限于我们这个民族。就我有限的阅读感受来看，乔雪梅的精神人格和道德规范，是所有民族都推崇着神圣着的，而且通过社会教育和家庭训导代代传承下来，差异仅仅在于教育方式和生活习俗的不同，任谁恐怕都难列举出一个崇尚邪恶的民族来。

我看过陈彦创作的三部戏，有眉户，也有秦腔，都是以当代生活为题材，多以城市里的普通人为解剖对象，都有直抵观众灵魂的冲击力量。他不回避生活中的矛盾，反而在司空见惯的市井生活里，常常有惊人的发现和深刻的开掘，既显示出一个剧作家思想的勇气和力度，又显现出其在舞台艺术方面的个性鲜明的才华。无论剧坛或者文坛，不少见某些标新立异乃至荒诞的形式，作为新的探索，这不仅无可厚非，还应鼓励，问题在于除了带有模仿痕迹的形式之外，恰恰缺失了对生活的独立发现，甚至不惜瞎编臆造怪诞丑陋的情节细节，以掩饰思想的浅陋和苍白。陈彦的创作指向和追求，令我钦敬，尤其是这样年轻的一位艺术家，就尤为难能可贵了。

办公室的故事

多年前曾看过一部苏联电影《办公室的故事》，至今尚能记得其中一些精彩的情节。我之所以斗胆给这篇短文也取这个名字，是我用过的一间办公室里曾经发生过的故事，真可谓晴天霹雳惊天动地，扭转了中国当年的去向，远非苏联那位女部长的办公室里的故事所可量比。这就是"西安事变"故事的发生地之一。

1995年初夏，西安阴雨连绵。我早晨上班走到那间顶多10平方米的平房前，围着几个后勤办公室的干部，说我的这幢房子下沉了。我顺着他手指的墙壁一看，砖墙齐崭崭断裂开一道口子，可以塞进指头。他们告诉我决不能再住了，却没有别的房子调换，让我等待，说是前院一间房子正在翻修，需得十天左右弄好。我便趁此无处立足之际，住进医院，去做医生早就催着要割除的一个粉瘤。待我康复回归，后勤办的干部领我走到前院一座独楼前，指着东边的耳房，说这就是我的新办公室，我一时竟有点犹疑不定，还有点怯。这是任谁都知道关押过蒋介石的屋子，给我做办公室，心里难免有点忐忑，尽管我向来不在意风水吉凶，但仍然有说不清的某种心理障碍。

我所从业的作家协会这个院子，建于1933年，是陕北籍的国民党84军军长高桂滋的公馆，张学良将军的公馆就在隔壁，中间夹着一道称作金家巷的丁字小巷。高桂滋将军后来叛蒋起义，新中国成立后把这院颇为阔绰的公馆交给人民政府，省政府把成立不久的陕西作家协会安排于此。这个院子当年曾经是别具一格的个性化建筑，进大门是一个颇具规模的喷泉，养着金鱼；左首是一幢中西合璧以西为主的两层小楼，下边一层为半地下建筑，据说用途是隐藏警卫兵力的，上边一层中间三间是镶着花纹瓷砖的议事大厅，东西两边是颇为宽绰的附属耳房，当是办公室或主任或秘书的用房。后院是连续三进四合院，有高氏一家的生活用房，也免不了办公和警卫兵力的用房。从前到后栽植着玉兰、紫薇、石榴、月季、玫瑰等名贵花木，且不赘述。

1936年12月12日凌晨，驻扎西安的东北军首领张学良与西北军首领杨虎城联手发动的"西安事变"获得成功，在西安东北约50里的骊山抓捕了蒋介石。蒋介石闻变只身跳后窗逃出，摸黑在骊山荆棘中爬行了不短一段山路，隐身藏匿在悬空的一道石缝里，还是被士兵搜捕揪出来押回西安，住在现在陕西省政府大院内一座30年代的旧建筑名曰黄楼的楼房内，12月14日转移到高桂滋公馆这幢二层议事厅的东耳房里，即后勤干部给我安排的这个办公室。

我粗略查证了一下，蒋氏在省政府那座小黄楼只住了一天半和不足一夜半，因为12日凌晨跳窗逃跑到被起事的士兵从石缝中拖出，再下山，再送到50多里外的西安，那时候没有正经公路车速缓慢，到得小黄楼离天明也不远了。14日转移到高氏议事厅的东耳房，隔着金家巷的那边是张学良公馆，见面、说话、议事包括送饭都方便多了，也更安全。在我现在要做办公室的这个东耳房里，蒋介石被软禁达10天10夜，曾经发生过许多历史性的情节和细节——

蒋介石刚被转移到这个东耳房，张学良便从他的公馆赶过来看望，一副毕恭毕敬的军人礼仪。张学良连叫几声"委员长"，蒋介石不仅不搭话茬儿，裹着被子蒙着脑袋连脸也不露给他看。此前，送过来的饭食也不进口，一副绝食的抗议。我似乎看到过有文字说老蒋给张学良使性子，还有难听点的说成耍无赖，也有做心理分析的文字说蒋介石怕处死他……我想也许都是，是否还应有一种气死气活的懊恼？

12月22日，宋子文宋美龄来到这个高氏议事厅的东耳房，向蒋介石汇报了南京政府自"西安事变"以来的复杂情况，也透露了他们兄妹二人到西安后与张、杨会谈的意见，这是至关重要的一步。

隔过一天到12月24日晚上，早几天从陕北下来到西安参与调解此事的中共代表周恩来，和宋氏兄妹一起走进了蒋委员长下榻的东耳房，举行正式会晤，达成了停止内战共同抗日的六项协议，为和平解决"西安事变"奠定了基础……

我无可选择地搬进东耳房这间办公室。好在这是一个南北隔开的套间，我在北边隔间办公，蒋公被软禁过10个日日夜夜的南边隔间，现在布置成一个小型会议室，中间有一道小门相通。我在北边隔间接待各路来客，包括热心读者，得空写点短文章，倒也罢了。偶尔得着一个人闲静，尤其是晚上独饮两杯的时候，往往会想到套间那边曾经住过的蒋委员长，张学良和杨虎城走进过这东耳房的套间，宋子文和蒋夫人宋美龄从南京飞过来走进这套间房。周恩来、叶剑英也成竹在胸地来过了。70年前的这个东耳房套间，无疑是决定中国何去何从的生死命运的一个集结点，决定中国命运的各方势力的最敏感的神经，都集结在这东耳房的南套房里。至今想象当年那种外表热闹内里紧绷的气氛，我都有点透不过气的感觉，甚至不敢相信那样重大到决定中国命运的事件，真的就发生在这间房子里。我有时抬脚三五步走过套间小门，看着东窗下曾经给蒋介石支床铺的那块地方，仍然是恍若幻境信不下曾经发生过的事。记不清是哪一天或哪一晚，我突然意识到，13年后蒋介石落荒而逃到台湾，其实就是在高桂滋公馆议事厅东耳房南隔间住着的时候注定了的结局。

事实摆得很明显，道理也就很简单。蒋介石在江西5次围剿共产党领导的苏区和红军，红军被迫长征历经一年到达陕北时，主力一方面军仅剩下7000多人，到"西安事变"发生时，各路红军汇聚到陕北也不足20000人。

　　蒋介石已经几次亲临西安，继续布置剿灭红军的军事行动。然而，蒋介石意料不及的事发生了，自己反倒被软禁在这东耳房的南隔间里，签署了不得再剿灭共产党和红军的协议。我在几十年后瞅着蒋介石下榻的东窗下那块地方，无法猜想他当年怎样度过了那10个日日夜夜，在"六项协议"签字的那一刻，是否意识到13年后落荒而逃的结局？东耳房发生这样重大的历史一幕时，我尚未来到这世界，现在看得再简单不过，这儿发生的历史一幕的核心，一是共同抗击日本侵略，一是不许剿灭红军。共产党领导的红军获得了在中国合法生存和发展的机会和空间，也就注定了蒋氏13年后的结局。这是无需赘论的常识。

　　1998年春夏之交，我随作家代表团去了台湾，最后一站走到台湾最南头的海滩上，看到一尊蒋介石的雕塑，面朝大陆，微倾向前，脸上是少见的一副复杂的表情，与我所见过的他的塑像和照片都不一样。我在那一刻想到我还在用着的办公室，原高桂滋公馆议事厅小楼的东耳房，即他曾经被迫住过10个日夜的房子，便断定他后来乃至终生都不会了结在这里发生的懊恼性记忆。

故人

人生易老,
文学的梦不老不灭,
我们便觉得活着很好。

秦人白桦（补遗）

从意大利回到北京的第一件事便想到吃，吃一顿涮羊肉。不足半月的亚平宁半岛之行，且不说花样单调的西餐如何使人腻味，即使享誉世界的意大利面条，无论宽的细的长的短的实心的空心的，都让人连回味的勇气也没有。想想一盘橡皮筋儿似的面条里，再浇上一勺子奶酪的那种甜腻腻的滋味，看看怎么入口下肚。涮羊肉便成为一种企盼。其实早在回国的飞机上就谋算定了回京后头一顿饭的目标。

到旅馆办完手续住下，想到立即可以去开涮，心里竟然是如同雀跃的激动。突然又想到一个人太高兴，有位朋友作陪，面对热气蒸腾的涮锅，俩人对饮扎啤又在火锅里乱涮乱戳才开心，便立即打电话给白桦。

恰好白烨没有出远门,人在。于是,在北沙滩一条小街的小饭馆里,我们便面对一只红铜涮锅而心意融融。他还是那么和悦地笑着,说着文化界的一些新鲜事,声音柔和悦耳。他的悦耳的语音在陕西关中人中也应属个别,听起来特别和谐。他的模样也属于关中人中那种"细活人",细眉细眼,平头整脸,少了粗犷而多了"细活",倒更像江南那种才子佳人的眉眼。这些我当然都很熟悉,也无多少变化,却都不是他的主要魅力所在。他的魅力在哪儿?我似乎也很难说清楚一二,交识了十余年,依然无法归纳,倒是常常想起李星对他的一句形象概括:"白烨这熊是老少皆宜,男女皆宜!"

我们吃得很畅快,而我似乎确凿有点贪馋,喉咙底下好像有一只手在往里拽着。而我们的无边际的闲谝(北京人说侃),真正是东拉西扯域内海外过去时现在时,现在留下记忆的却只有一件事。似乎是谝起我们过去的旧交时,白烨突然冒出一句话:"你知道我写你那篇文章是在哪儿写下的?"我当然不知道他在西安或在北京或在办公室或在家里甚或在出差的火车上……他断定我猜不中,这是我从他紧紧盯着我的眼神里判断出来的。他紧紧盯着我的眼神有少许神秘多几分认真,却绝无卖关子的意思,在即将开口道破那个神秘而庄重的写作处所时,先释然一笑,眼角眉梢都是释然的轻松:"我在家门口的路灯下写成的!"

大约是1980年春天,我从区文化馆赶到省作协去开会,或者可能是听《延河》编辑部谈对我某一篇小说稿的处理意见，反正除了这两种可能再不会有其他事。那天中午在前院碰见白烨。是他先叫住我，因为我不认识他，他大约是问了门卫之后冲我走过来的。

那时候我尚未听说过这个名字。他便简单作了自我介绍，说他在中国社会科学出版社文学编辑室做编辑，兼做业余文学评论。他说他原在陕西师范大学教学，刚刚调到北京不足一年。他那一口纯正的关中北部口音，顿然化释了初识时的诸多陌生与隔膜，我和他便在鱼池的水泥围栏上坐下谝起来——他说他要和我说事。

他受《文学评论》杂志之约，要写一篇关于我的小说创作的评论，要我提供已经发表过的小说清单、篇名以及所发表的杂志的刊号，还要交谈这些小说创作前后的有关和相关和不沾边的情况。

这是中国进入划时代的80年代的头一个春天，文学正在复苏。伤痕文学和反思文学正以其可以理解的特殊社会因素而影响社会影响人心，一篇万把字甚至几千字的短篇小说可以轰动全国，影响普通公民的生活秩序和心理秩序，真可谓文学的"特异功能"，然而我们只要稍微回顾一下此前多年文学被"左"棍子们闹成什么样子，便觉得这种奇异的现象在当时的中国合情合理。文学新作和文学新人都如雨后春笋，各种文学期刊和报纸都在为文学新人和文学杰作张扬。《文学评论》杂志似乎已经不能适应那种局面，在刊物之外又编了一种不定期的评论专集《当代作家评论》，把一拨一拨在文坛初具影响的中青年作家的创作予以概括性评述，推向社会。我有幸被列入某一辑中，由白烨来写这篇评论文章。他便是奔这件事来找我的，而且再三郑重强调："这是我这回回西安最重要的事。"

后来我就再没有见到他。大约到年底，他寄来两本《当代作家评论专辑》。我读了他写的关于我的七八篇短篇小说的综合评论，近乎10000字。我的感觉是贴合初发阶段的那几篇小说的实际，多是方方面面的分析，没有大而不当的溢美，也没有生拉硬扯与什么流派什么主义攀附，纯粹是就作品实际的分析，很中肯，予长处的肯定时也明朗着弱点和希望。

这便是我们的第一面认识和头一回交手。再次见面是相隔四年以后的1983年5月，我到《当代》编辑部住下修改中篇小说《初夏》，我们才得此机缘第二次握手。那天中午我们在朝内大街一个饭馆吃了一顿烧麦，喝着散啤酒，说着家乡事以及个人的粗略经历，情感渐渐交融了。之后又是几年，我一直住在乡下，他偶尔回到西安，匆匆来去，很难遇合到一起。

大约是1989年三伏，我为安顿孩子的读书在西安住着，晚上热得睡不下，大家都习惯聚在编辑部四合院里乘凉闲谝。朦朦月光下，白烨幽灵似的悄没声儿走进人窝来，大家认出后就惊呼起来。他从黄陵老家探亲回来，到作协熟人处找床来了。

那一夜，大家谝得很开心，谝什么都一概记不得了，反正就是文学上的一些活动，文坛信息和动向，某位作家某部新作的成败得失，而很少涉及人事纠葛之类。他似乎对于人际间尤其是文艺人士间的亲疏好恶不感兴趣，常扯到一些文人纠纷时便讷言拗口起来。直到去年我三次去北京，才多了几次接触，然而他都没有提及13年前的那篇文章在什么地方写的。我可真的想不到，他当时竟然如此困窘……

白烨是陕西黄陵县人，黄帝的陵墓在那儿，那儿便得此县名。他的家在山地在平川我至今也不甚了了，距黄帝陵有多远也搞不清，只知道他和我一样是一个纯粹的农民家庭，父母都是以抚弄庄稼获得生存的农民。

白烨很聪明，记忆力超人，念书总是受老师的器重。聪明的脑瓜又兼着一个好性情，在家在校在村子走亲戚，到哪儿都招人喜欢。确凿，他不属于那种在一切场合都张扬自己突出自己的人，也不是另一种阴冷诡谲的人；他热情开朗坦诚，在重要和不重要的场合随意找个空位就座，只是坦诚地说出自己的意见，而不期望压倒所有意见，不见霸道而多了些文质彬彬，不想成为话题中心反而容易让人回味他的观点。

他的人缘好，主要因了他的性格好。讨大人喜欢也得同伴们喜欢，也讨一个洋娃娃女子的喜欢。这女子是当时上山下乡插队锻炼到黄陵的北京知青，由一般喜欢到二般三般深深钟情，再到爱死爱活非白烨不嫁的如痴如傻的程度……她后来成为他的妻子。

白烨后来到陕西师范大学念书，毕业后留校任教。她后来招工到了西安的铁路系统，随后调到北京附近。白烨随后也调进北京，在中国社会科学出版社做编辑。他们的生活里很快排除了婚恋中必须以政治流行语作表达方式的假大空，她和他留存下来的就只剩下真诚。她骄傲自信自己比伯乐还眼尖手快，认准了白烨也抓住了白烨无怨无悔，白烨总是陶醉于她过去的温情和现在的贤惠，而且温情不减。

初到北京，白烨除妻子一家人外再没有亲朋好友。住就凑合在岳父母家里，那是一个胡同里的小杂院内的小屋子，住着一大家人。拥挤到什么程度无法细述，反正给他连支一张小茶几铺稿纸的地方也没有，于是就把书桌摆到街巷里。书桌其实只是一个四方形的兀凳，座椅便只能是一只小马扎，这套行头简单轻便，易于搬出来也易于搬回去。照明设备是高悬在电杆上的昏黄的路灯。关键是得耐心等待时机，等到巷道胡同里那些纳凉的大爷大娘侃够了闲话抱着茶壶瓷缸走回各自的小院，奔跑耍闹的孩子疯够了闹够了像鸟雀一样回归窝巢，骑车往来的过路人由稠到稀再到零三稀四，白烨才能搬出兀凳马扎在电杆下摆置开来，摆开舞文弄墨作文作论的架势。其时，夜已深沉，五月的温馨的风抚摸他的脸颊和肌肤，而他已经进入一种艺术的思辨之中。

五月北京深夜的电杆路灯下，坐着一位未来的文学评论家白烨，在做文章。

白烨是黄帝陵墓下的古老臣民的后裔，是北京的女婿。

按陕西关中乡俗，娶了这个村的媳妇，便是整个村子的女婿。白烨是整个北京的女婿。

一篇万言的评论文章在电杆下起草、修改，直到抄写整齐，我不知道他在电杆下持续了多少个夜晚，而且肯定要受到譬如刮风下雨，譬如突发事件的干扰，也真是难为他了。直到现在，作家和社会都在呼吁给知识分子以较好的工作和生存条件，譬如白烨不能永远在电杆路灯下写文章。我的一位朋友的20多万字的长篇小说，草稿和修改稿都是在两三平方米的厕所里干完的，同样是住室容不得他安一张书桌。然而我又反过来想，关键还是肚里得有货。蚕儿没有簇可上时便把茧子结到墙上，母鸡下蛋找不到窝时可以随便下到地上，作家肚里有文章找不到桌子便扑马路进厕所，是肚里有货要倒出来。肚里没货的蚕和鸡和作家，即使安置到五星级宾馆即使坐进金銮殿，照样拉不出丝下不出蛋写不出文章来。

无论如何，电杆路灯下奋笔疾书的白烨，算得古老而又现代的北京熙熙攘攘花花绿绿中的一道风景。

这是年轻白烨的一段小小的鲜为人知的插曲，而更具一种学人奋斗精神风貌的事，便是在这更困窘的一年里，他除去上班完成自己的工作任务外，利用一切休息和空暇时间奔图书馆。他所工作的单位从调入的头一天起就给他形成一种威压，中国社会科学院这样的大学府，无疑是各路学问大家聚集之地，他立即意识到自己需要进行基础工程建设。其实何止高等学府，在任何单位任何场合，都是容不得浅薄者半瓶子醋的。问题在于个人自学的迟早和程度，我们并不少见那种到处夸夸其谈的半瓶子醋式的人。有了这种自觉便获得了最原始的攀缘的策动力。白烨读过多少书已经很难算计了，最具意义的是，他把马、恩、列、斯的全部著作研读完毕，而且作了十几万字的笔记。他的记性之好令人惊异也令人妒羡，一些专搞马列理论研究的人常常为一个论点或一句"语录"而找不到出处，或者搞不清记不全原文，便问询白烨。白烨便一口报出在某一卷的某一篇文章里，如翻查一下卡片，连页码也准确无误地报将出来。他可以说是一部马列著作的"活字典"。

　　十余年里，常常在报纸刊物上看到他的名字，虽然不能见面，读到他的文章，便有一层了知，知道他又读了一本什么好书，研究过某个作家的作品或某一种文学现象。看到他的论述和观点，也常常受到启示。就整个印象而言，他似乎没有极端的言语，没有在赞赏某种流派的同时，就以不同流派或主义的作品为牺牲对象，甚至连生存一刻的宽限也不给。我常常想到他对各种文学现象文学样式的冷静和宽容，便想到这可能不只是他的性情好或人格修养好，恐怕主要出于他对艺术创造的深刻理解，而这种理解又得之于艺术眼界的宽泛开阔。一个艺术视野狭窄到只能看见自己的笔尖所画的那几条墨痕的人，自然很难容纳别一支钢笔所画的墨痕。艺术视野的开阔首先得之于阅读的广泛，对于近代、当代中国文学和世界文学的了解，才可能使人悟觉，自己的笔所画的墨痕值得一赏，前人和今人也同样画出了诸多有赏析价值的墨痕。白烨对许多文学现象的评价和前景观瞻，多数都被急骤变幻发展的文坛现实所证实。这可不是算卦问卜。

虽然相识多年，直到去年九月我才第一次到白烨家里去。我一般不大愿意去朋友家里，扰乱了一家人的生活秩序。然而这一次却是我主动要去的，儿子刚刚到陌生的北京上学，总怕出点什么事而鞭长莫及，让儿子认下他的家门，万一有什么急事也好有个大人给出出主意帮帮忙。

按照他在电话里的指点，倒是顺利地找到那条胡同和那个院子的大门，进大门以后反倒六神无主了。那么一个深宅大院，那么多曲里拐弯的岔口岔道，每走一个岔口就得问人：找白烨该当向左还是向右，好笑竟是一路向右拐，好笑如搁在"文革"该打成右派了！直到走到他家门口还在问路，倒是他在屋里听见我的声音便蹦了出来。我却释然慨叹："下次来下下次来照样还得问路！"

两小间平房。房子很低矮，扬起手就可以摸到檐瓦，然而墙是水泥和砖头砌成的，成色还有几成新，算不得古老。整个屋子里，三面墙壁都摆置着书架，中间仅留一条小甬道，俩人并肩走过去就摩肩接踵。只在靠着门口的两扇小窗下摆着一张小书桌。我马上猜想到这张恰尺等寸的小书桌，肯定是事先量过剩余的地方让木工师傅制作的。

这就是文人学士们所习惯戏称的"斗室"。他就在这张小桌上抒写一篇又一篇论文。我忽然又想起肚里有货无货的蚕和母鸡来，有货便可以就着这张小桌如行云流水般倾泻于笔端，无货则干瞪眼，住什么房子摆怎么阔的桌椅都帮不上屁忙。白烨却是一副上中农自满自足的笑脸："不错了不错了，能有一张桌子一个窝铺真不错了！"而且补充说，单位正在盖住宅新楼，可望分到一套。由此又忆及刚到北京时挤住岳丈家的困窘："现在真是不错不错了！"

不单是他工作在政治经济文化中心北京，他的阅读之广泛视野之开阔信息之灵敏是大家公认的，所以见面时总想听他说点新鲜话题。我常玩笑问他，文坛又插出什么新旗帜了？或者说，哪个主义领着风骚？他便侃侃而谈。这回坐下喝茶，我便问起刚刚公布的1993年诺贝尔文学奖得主莫瑞森。除了报纸上简单到可谓勤俭节约楷模的片言只语的介绍，我对托尼·莫瑞森一无所知，似乎以往对她的著作评价介绍得本来就相当少，更不要说阅读她的作品了，白烨便介绍莫瑞森的生平著作略要，顺手从书架上抽出一本薄薄的小册子，是托尼·莫瑞森的长篇小说《秀拉》中译本。这是一部13万字的长篇小说，就是白烨供职的社会科学出版社出的书。

这天中午我们在他家吃的素包，喝的小米稀饭，这是我事先预约好了的。北京沙滩小巷道里的小米粥五毛钱一小碗，贵且不说，对西北主产的小米卖上好价钱，心里竟有一种阿Q式的自豪。关键在于那些小铺店的脏乱，一瞅就令人心悸，所以便跃跃然要求一碗小米粥喝。白烨夫人许是在黄土高原插队时学下了手艺，烧熬的小米稀饭是再好不过了，稀稠合宜软硬适度，一种纯属于粮食自身的香味特别可口，素包也好吃极了……白烨便大笑：穷命薄命，吃家常饭比吃国宴还来劲！

从小居出来，我就有一种酒足饭饱的慵懒，在异国被洋餐搞倒弄败了的胃口一下子复原了。我们到旅馆坐下喝茶，他因酒力而脸泛红光，侃侃而谈，腰里的BP机不时鸣响。他便不厌其烦地去回电话。他精力充沛，善与人交善与人处，思维敏捷，也很精明，许多文学朋友的麻烦事都乐于和他商量，他往往能做出最清醒的判断，能找到最恰当最妥帖的处理办法……

相交既久，便见善心。文章写到这里，依然觉得是有感有觉而难下结论概括白烨，似乎还是评论家李星的概括形象准确：白烨这熊是老少皆宜男女皆宜……

陪一个人上原

电话里响着一个陌生的声音，开门见山："我是北京人艺的林兆华。"我在意料不及的瞬间本能地噢了一声，随口回应："你是大导演呀，我知道。"接着再没有寒暄和客套，他就说起要把《白鹿原》改编话剧的设想。

我只是确定了小说《白鹿原》被大导演林兆华相中改为话剧的事，自然是一种新鲜而又欣然的愉悦，都不太用心听他说有关改编的纯粹的具体事务了；倒是欣赏起他说话的声音，温厚绵软而又简洁，没有盛气，更没有夸夸，自始至终没有一句新名词。我之所以敏感他的说话方式，似乎是某种先入为主的印象，我虽然是几年也难得看到一场话剧演出的与戏剧隔得老远的门外汉，却早已闻知林兆华的大名，尤其知晓他是一位艺术观念颇为新潮的导演。我依积久的经验自然地作为参照和推想，不料却令我诧异，竟不见一句新潮词汇，而且声音如此温厚如此平实，可以信赖的踏实感就在短短的第一次通话里形成了。

随后就有了第一次见面。那是几年前的早春时节，我把几件事挪攒到一起赶到北京。西安已经是柳絮绽黄迎春花开的气象，北京还裹在丝毫不见松懈的寒冷里。我找到北京人艺门口，看见一个小小的"北京人民艺术剧院"的牌子，注目许久，顿生慨叹，真正的名牌依然保持着原有的标徽，当是一种自信。我第一眼瞅见林兆华导演同时握住手的时候，电话里的印象迅即延伸为一个更令人意料不及的具象，一个号称"中国话剧第一导"的又以现代派闻名的人，不见披肩长发，没有垂胸的胡须或别致的短髭，却是灰塌塌的不经任何修饰的本色寸发，还有不显线条也不见棱角的对襟纽扣的布褂。我在那一刻暗自发笑，文艺界的朋友调侃我的脸是关中老汉的典型代表，我也在记者关于电影《白鹿原》采访的提问里自我调侃，我最适宜演老年的长工鹿三。我突然发现握着手的林兆华，如果走进关中乡村的任何一个村子，那里的农民会以为是一位老亲友来了。他的对襟布褂和看不见裤缝的裤子，更触发得我一时眼热，我自小一直穿这种家母织布家母染色家母缝制的褂子和裤子，穿到高中毕业都换不出一件新式样，照毕业相片时借同学的一件制服上装改换了一回装束。我虽向来不打领带极少着西装，却也再没有穿这种老式对襟衫褂的兴趣，包括花样翻新的"唐装"。我在握着这位新结识的大导演的手时，又生出一层慨叹，一个以探索现代新潮话剧导演风格闻名的人，却用过时的中国乡村最传统的民间服饰打扮包装自己，割裂了矛盾了，还是某种天然的融汇和统一？抑或纯粹属于生活习性？然而确凿无疑的一点，以服装的式样和须发的长短来判断一个艺术家精神气象的明暗，看来难免会出意外的。

我已经记不清他来过西安几趟了。印象深的有两次。他要上白鹿原上去观察感受那里的天象地脉气韵，我完全能理解。我做向导，从灞桥区辖的原的西坡上去，直到蓝田县辖的原的东头下了北坡，沿着灞河川道途经我的隔河相望的家门再回到西安城里。我按他的意趣指向，进一个村子又找到另一个村子，寻找20世纪50年代以前的民居住宅，还有家族的祠堂，还有接近类似小说主人公白嘉轩经济实力的宅基房屋的规模和样式。令他也令我遗憾的是，20世纪50到60年代成片成堆的土坯墙小灰瓦的大房和厦屋已经很少了，几乎是一色的装饰着瓷片的水泥平房或二层小楼房。祠堂连一座也没有找到，所答几乎众口一词，早都拆了。林兆华仍不死心，我更是觉得过意不去。无论如何，我还是为这个原上的乡亲庆幸，他们终于有了一砖到顶机瓦或楼板覆盖的结实而又美观的新房子，基本实现了独门独户，几乎见不到三家五家乃至八家拥挤一院的穷酸相了，无论种田植果树抑或出苦力打工，尽管比不上城里人生活水平提升幅度大，总是比改革开放前几十年好得远了。至于旧房老屋之无存，让林导难以感受贫穷乡村的氛围，自是不成遗憾的遗憾。我们终于找到一家古旧的房屋，可以看出曾经是颇有点经济实力也就比较讲究的建筑，迎面的门板是宽幅的木扇，门板上有简单的格子雕刻。经打问得知，建造这房子的业主，是一位手艺超群的刻字匠，曾给民国时代的几多要员刻过墓碑铭记，收入自然优于乡民，房子就讲究了。林兆华当即就拍板："这个门和窗子我要了。"房主人说了这个旧房马上就要拆掉，林导嘱咐把门窗妥为保管。进得屋里，有木板镶成的木楼，早已被烟熏成黑色。一架宽板木梯搭在后墙边，两根梯柱原为一根粗大的木头，用锯居中锯为两半，镶着一块一块宽约尺余的踏板，比那些木条梯子豪华气派多了。我家曾经有一架木板梯子，与这架梯子几乎出于同一个木匠之手。林兆华又是一句："这梯子我也要了，给我保护好。"出门到了乡村街道里，他便告诉我这些东西将作何用场，在于展示旧时乡村的一种逼真的景象。我却想到，这个人现在脑子里整个转着一部戏，随即都有最敏锐的招儿在触景中冒出来。

　　不能忘记的是下到原上的一条沟底的兴奋场景。这个沟里原有的居民几乎都是窑洞，整个村庄搬迁到原上的平地里去了。无法搬动的土窑洞留下一片败落和荒凄，倒塌的窑院围墙，杂草野树丛生的院落，一孔孔或大或小的被烟熏黑的窑洞。林兆华一看见就惊叫起来："这就是小娥和黑娃住的窑洞呀！"他一个接一个察看卸掉门窗的空洞的窑，始终兴奋不已。我便提示他，这就是关中一些坡崖沟坎地区的窑洞，比较高，比较宽大，更显得深。我作为比较的对象是陕北的窑洞，一般比较低矮比较窄小也比较浅，却比较精致。我开玩笑说，千万不要把小娥和黑娃的窑洞，在布景上搞成毛泽东在陕北住过的那种窑洞的样式。

去年夏天，正是西安酷热难熬的伏季，林兆华领着剧组二十多号男女演员来到西安。我把他们安排在原坡下河边的半坡饭店，图得演员上原到乡村体验生活方便。灞桥区文化局给予精细周到安排。观众喜爱的濮存昕等演员上到原上，几乎每个人在到达原上时都发出同一声感叹，噢！这就是原。原是西北特有的一种地理地貌，不过就是一个小平原而已。阅读小说所发生的对"原"的神秘和不可理喻，瞬间就成为一种真实的感觉和体验，如同我初见南方的小桥流水和水上人家的感觉相类比。这些北京来的演员大多在电视电影里出现过，被偏远的原上的乡民指点出来，受到最诚朴的欢迎。他们走村串户，看当地的男人走路的姿势，说话的口吻和身体动作语言，看女人如何烧火做饭，管教儿女，看得津津有味。我陪他们看了两家颇气派的老宅旧院，一家仍有人住，一家已荒废，都是青砖包墙方砖铺地的四合大院，尽管陈旧破败，依然可见当年的品格。这两家的主人都是乡村中医，我自小就听说过他们的名字，川原上下不幸生病的人都上门求救。他们的子孙大多已在西安或外省安家立业，留在乡村的人也已另择新居地。林兆华在这两个院子里踏勘。我猜想，他大约在琢磨让白嘉轩还是鹿子霖主掌这样的庭院？濮存昕也始终笑眯眯地，看那过道里生动的砖雕，是否还是他——白嘉轩当年刻意的镶嵌？他将如何进入这个庭院并演绎他的人生？

　　相聚过来的男女乡民，在街道上或立或蹲。濮存昕也学着村民站一会儿又蹲一会儿，东拉西扯着闲话。我陪着林导和濮存昕，在树荫下在房檐下和南枝村的老少闲聊。这个村分白姓和魏姓两大宗族，有人悄悄向我探问，你书里写的白家是不是俺村的白姓，鹿家是不是俺村的魏姓。我说不是。他反而不信，又问，为啥你写的白家和鹿家的事跟俺村××和××的事情那么相像？我说我是瞎编的，偶合了。我随后和林导、濮存昕到一户农家吃午饭，煎饼卷黄瓜丝和洋芋丝，是地道的农家灶锅烹饪的食品，林、濮都吃得很新鲜，似乎还说这样可口的饭菜拿到北京去卖，生意会很火。

　　林导提出要看纯粹的民间演出的秦腔。不费多少力气就召唤来一批男女唱家。这些人农忙时务庄稼，农闲时组合在一起，到乡间的庙会集市去演唱，也为新婚庆典和丧事葬礼演唱，有报酬，却不高。其中一些男女唱家已唱出影响，在方圆几十里乡村甚为闻名。我担心这些业余唱家达不到林导要求，还联系来西安几位年轻的专业演员。演唱一毕，林导就拍板了，就是这个就是那个还有某某……全是业余唱家。我大略领会他的意图，在话剧几个主要情节转折处，插唱一段或三五句秦腔唱段，要乡野里这种原生形态的唱法和腔调，太完美的专业演员的唱腔不适宜话剧的乡土气氛。同时请来了华阴县的"老腔"演唱班子，也是纯一色的农民，他们保存着流传在华山脚下一种几乎失传的古老唱腔，乐器也区别于秦腔，更为苍凉悲壮。我看着林导目不转睛的神情，想到他已经入迷了。果然他兴奋地拍了板。这个老腔早已在张艺谋的电影里作为衬底的旋律，正恰切不过地流动着关中这块土地沉重苍凉浑厚的底蕴。林兆华敏锐地感知到了，这从他的专注沉迷的神色里显示出来。

我后来到北京人艺，参加了话剧《白鹿原》的新闻发布会。我看到了林兆华的自信。他的自信溢于言语和神色。这应该是我参加这次活动的最富实际意义的收获。还有宋丹丹的发言，她说林导告知她出演田小娥一角的第二天，就去健身房减肥健身了。她婉谢了电视剧邀约。我也深受感动，艺术创造的意义和价值，不是经济实惠所能完全改变一切艺术家的。

我在把话剧改编应诺给林兆华导演的时候，基于纯粹的我对写作的一种理解，我写小说的一个基本目的，就是要争取与最广泛的读者完成交流和呼应。我从短篇写到中篇再写到长篇，这个交流和呼应的层面逐渐扩大，尤其到《白鹿原》的出版和发表，读者的热情和热烈的呼应，远远超出了我写作完成之时的期待。我以为这是对我的最好回报、最高奖励，即在作家通过作品所表述的关于历史或现实的体验和思索，得到读者的认可，才可能引发那种呼应，这就奠定了一部作品存活的价值，也就肯定了作家的思考和劳动的意义。话剧将是完成《白鹿原》与观众交流的另一种形式。小说阅读是一种交流形式，话剧舞台的立体式的活生生的表演是迥然不同的交流形式，有文字阅读无法替代的鲜活性，以及直接的情感冲击。这与我创作的初衷完全一致，我自己甚至也觉得新奇而又新鲜：看到活跃于舞台上的白嘉轩们当是怎样一种感觉？濮存昕创造的白嘉轩和宋丹丹创造的田小娥当会和观众完成怎样的交流和呼应？

我几乎没有提出任何条件性的要求。我唯一关注的是能体现我创作小说的基本精神就行了。我知道话剧很难在有限的时间里演绎所有情节，取舍是很难的事。我相信林导和编剧，让他们作艺术处理吧。我在初见林兆华的交谈里，感受到他对《白鹿原》的深层理解，已经产生最踏实的信赖，连"体现原作精神"的话都省略不说了。

我记下与林兆华导演几次接触中的印象，在于体察和理解一位艺术大家，如何完成他艺术世界里的一次新的创造理想。我在写完《白鹿原》最后一行句子就宣布过，我已经下了那个原了。林兆华导演却上了原。我期待看到他创造的白鹿原上的新景观。

旦旦记趣

外孙取名旦旦,已经长到两岁半,常有"惊人"之语出口。每每听到,先是猝不及防,随之便捧腹,或忍不住而喷饭,且不能忘。

他很贪玩,几乎没有片刻的闲静,即使吃饭,仍然是手不闲脚亦不停。这时候,我便哄他说,你不好好吃饭,屁股上都没肉啦!顺手便捏一捏他的小屁股,再鼓励一番,好好吃肉,屁股上就长肉啦。他便真听了话,张口接住他妈妈递到嘴边的一块肉,刚嚼了两下,估计还未嚼碎,便急忙咽下,跑过来,背过身,撅起小屁股:"爷爷你再摸一下,看看长肉了没有?"在一家人的哄笑声中,我只好将错就错:"长了长了!再吃再长!"我亦忍不住笑,这才叫立竿见影!林彪要中国人学习"语录"要"立竿见影",肯定没有想到这样快的效果和这样幼稚的荒诞和荒谬!

旦旦吃了一块豆腐,蹦过来,转过身,又一次撅起小屁股,认真地说:"爷爷你再摸一下,看看屁股上长豆腐了没?"

哇！一家人全部放下碗，停住筷子，笑得前仰后合。

然后就没完没了。一次连一次地重复如前的动作和姿势，一次比一次更加认真地问：

爷爷你再摸一下，屁股上长蘑菇了没？

爷爷你再摸一下，屁股上长木耳了没？

我已经再没劲儿笑了，无可奈何地对他说，旦旦的屁股成了副食超市了。

有一天，我要上班了，照例先和旦旦说再见，然后就走到门口。旦旦却急了，从沙发上跳下来，鞋也顾不得穿，光着脚跑过来，边跑边喊，爷爷别走爷爷别走。我就站住安慰他。他却盯着我喊：爷爷我送你。我也就释然，还以为他缠住我不让出门呢。我拉开门，他先蹦了出去，站在楼梯口，伸出一只小手来。我尚弄不明白他要做什么，就牵住他的手引他进门回屋。小家伙抽回手去，甩了几下，又伸到我面前。我女儿终于明白了，提示我说，他要跟你握手送别呢。我恍然醒悟，随即弯下腰伸出手去，攥住他的小手。他却当即跳着蹦着，另一只手像翅膀一样上下扇着扇着，嘴里连续丢出一串话来："再见拜拜巴尼哈！那就这。"

我对于这突如其来的发挥毫无心理准备。旦旦表演完毕，向我摇摇手，又跑回屋里沙发上去了。我走下楼梯走过楼院走出住宅区的大门，心里还一直在想着。"再见"和再见的英语口语"拜拜"他早都会说了，自然是他爸爸妈妈教的。"巴尼哈"是维吾尔语"再见"的意思，肯定是奶奶教给他的。

-099

我和老伴今年夏天去了一趟新疆，就学会了这么一句维吾尔语的"再见"。这些当然都不足为奇，奇就奇在"那就这"从何而来，谁教给他的？

想想也不难破译。家里来了人，说完了事，送客人出门，握手告别时我常习惯说"那就这"。意思是我们说过的事就这样了。不仅如此，打完电话时，我也习惯说一句"那就这，再见"。这娃娃不知观察了多少次我的举动和说话，终于和我要来表演一回了。

从这天开始，这样的握手告别仪式就成为必不可缺的铁定的程序，我一天出几次门，就有几次这样的表演仪式，地点也必须是门外的楼梯口。有一次因事急我匆匆开门出去，走到楼下，从窗户里传出旦旦的哭声，哭声不仅大而强烈，且很悲伤，我感到了一种他被轻视了的伤心，我犹豫一下，还是反身回家，补行了那个握手告别的仪式。他的脸蛋上挂着泪珠，仍然把小手递到我手里，蹦着跳着，左胳膊还是小鸟翅膀一样上下扇动着，哽咽着却一字不漏地说完"再见……拜拜……巴尼哈……那就这"。

旦旦学骑小三轮车几乎无师自通，哪怕是车子可以擦轴而过的狭窄过道，他都可以骑过去。旦旦对我说："爷爷我到北京去了。"说罢便踩动车轮钻进另一间屋子去了。不一会儿，旦旦又转回来："爷爷我到上海去了。"说罢又钻入第三间屋子。我的三室住房加上厨房，不时变幻着中国十几个城市的名字，大都是我或家人出差去过的城市。因为去某个城市的时间和回来之后的一段日子,家人总是说那些城市的见闻和观感,旦旦便在谁也不留意他的时候记住了这些城市的名字,而且被他骑车一日几次地往返了。

旦旦睡觉了,家里便恢复了安静。他的一双小鞋却丢在我的房间的床边。我总是在看见那一双小鞋时忍不住怦然心动。我说不清什么原因,似乎也没有什么关于鞋的往事的参照或触发,反正看见那双脱下的小鞋时心里就怦然一动,甚至比看见他穿着鞋跑来跑去更加富于诱惑。

回到家里,迎上前来打招呼的总是旦旦。这时候,无论什么不顺心的事和烦恼的事甚至令人窝火的事,全都在旦旦的无序的话语里化解了,说宠辱皆忘说心静如水似乎都不大确切,只是觉得自己就是一个爷爷了。

秋收过后,我带着旦旦回到老家乡村。今年夏天雨水好,秋粮得到了近来少有的好收成,村巷里的椿树槐树皂荚树树杈上,架着一串串剥光了皮壳的玉米棒子,橙黄鲜亮的,这虽然是我自小就看惯了的家乡的最亮丽最惹眼的风景,依然抑制不住对于丰收果实的那种诗意的感受。旦旦也激动起来,扬起两条小胳膊,睁大惊异的眼睛欢呼起来:啊呀!这么多的香蕉呀……

旦旦的惊人之举引来哄然大笑。他奶奶他妈妈和周围的乡亲都笑了。我笑过之后,便不由得感慨。这孩子生在城里,长在城里,两岁半了,第一次看见玉米棒子,把形状类似的香蕉就联想起来混淆一起了。我的三个儿女,包括旦旦的妈妈,都是生长在这祖传的乡间老屋里,她们生在"文革"的非常时期，也是我的生活最困窘的时期，香蕉无异于天国的神果，她们正好可能把香蕉当作玉米棒子。香蕉在现时的乡村，已经不是什么稀奇的水果，乡村小镇和马路边的小店散摊，都摆着一堆堆零售的香蕉，肯定不会有农村孩子再把它当作玉米棒子的笑话发生了。无论大人们怎样开心地调笑，旦旦却早跑到树下，仰起脸盯着树杈上的玉米棒子，跳着叫着要摘下"香蕉"来。

两岁半的旦旦，大约正处于人生的混沌状态，什么都要问，却什么也懂不了；什么都感觉新鲜，过眼之后便兴味索然；什么人的什么话都可以不听，一味固执于自己当时的兴趣；什么行动和动作都想去模仿，结果是毫不在意地又丢弃了。我可以看到一个人成长过程中两岁半这个年龄区段里的全部可爱，混沌的可爱。不必做任何意义上的猜想和推测，两岁半的混沌形态容不得意义，因为它本身属于无意义的自然形态。

这个年龄区段的混沌可能很短暂。因为在两岁的时候，旦旦还不是这样的形态。半岁的变化有点急骤，两岁时说不出的混话和做不出的行动动作，到两岁半时就都发生了。那么我就猜想，再过半岁呢？到了三岁时，该是从混沌状态走出来而踏入半混沌半清明的状态了吗？他在蜕却一半混沌的同时，还能保持那一份憨态的可爱吗？

猜测那混沌状态的可能消失，依恋着那混沌状态的全部可爱，我便打算笔记下来。我的记性已经很差，无疑是老年的生理特征的显现。想到生命的衰落生命的勃兴从来都是这样的首尾接续着，我便泰然而乐。

再读阿莹

　　和作家朋友谋面聚首，常会说到各自读得很有兴趣的新书，这是自然到几乎无意识的事，既在释放阅读获得的新鲜启示和快感，也在有意无意地向对方推介。我由此获益匪浅，得知刚刚出版的一部哪位大家的翻译作品，或是国内文坛冒出来某位新星的超凡脱俗的新作，成为我阅读的选择。今年遇到这种场合，有朋友问我，你看过《俄罗斯日记》？不等我回答，对方便说出他的感动，阿莹部长真是个作家。还是等不得我作出反应，他紧接着辩证关于阿莹是个真作家的理由和这本《俄罗斯日记》写得很不一般。他列举了几本"一般"的出访异国的游记，不过是些浮面的见闻录记，缺乏稍微一点历史人文的独立感受，文字也缺失了优美和情趣。阿莹恰是在这些文本参照之下，见出"很不一般"的独俏的风姿来。到这时他才问我读没读过这本书，感觉如何，显然是要印证他的阅读感受。我说我读过了，确实"很不一般"。这部《俄罗斯日记》甚至令我颇为不解，短短的半月左右时间，阿莹竟然把眼看着的和感触着的俄罗斯写成一本近十万字的书，可以看出历史上的俄罗斯和现实里的俄罗斯，还有中间夹着一段的苏联，作者目光所触笔下所系，尽是一个中国作家特殊的也是独有的历史性感受，一条河一幢建筑一个展馆，让我感受到从沙皇时代到列宁和赫鲁晓夫时代，再到普京时代所遗存和所呈现的历史印痕，透见一个民族从精神到心理的颠覆和重构的运动过程，真是非一般的游山玩水赏景观奇之作。朋友见他的观点得到呼应，我俩便都有"英雄所见略同"的快慰。这本书已出版两三年了，之所以到今年才引发如此不同凡响的阅读反应，我想在于《文化艺术报》的连载，扩大了与读者的接触面。这种纯粹个人间阅读感受的交流，不是某种场合上的捧场，更不属于看人的眉高眼低的评论，故而应当是真实的可靠的，借此机会传达给作者阿莹，添一分自信。

　　让我更惊讶的是读了陕北歌舞剧剧本《米脂婆姨绥德汉》。陕北是一块盛产又盛行民歌的天地，看是愤世的和咏叹生活的民歌，生动准确到令人一遍成记，尤其是表白男女情爱的民歌，不仅一遍成记，而且经久不忘。陕北民歌走出陕北走出陕西走向全国，本来属于交流障碍的方言却不构成局限，并为中国南北审美情趣差异很大的各方人群都乐于欣赏，确凿是一个奇迹，足以显露出陕北民歌独禀的气质。随着陕北民歌的广泛传播，米脂出美女绥德出俊汉的佳话也流传到各地。榆林地区要搞一部歌舞剧，把遍地流传的几成经典的爱情故事升华为一部代表性作品，无疑是适时而又适宜的富于创造性的思路。去年弄出来一部剧本，邀集西安多位评论家讨论，我也参加了，意见纷纭却都中肯，涉及剧本的基础性意见，要修改提高，几乎是脱胎换骨的难题。提罢意见和看法后各人回各家了，不知剧作者该费多大劲才能整出新的剧本来。确实意料不及的是，今年夏天遇见阿莹，说他写成了《米脂婆姨绥德汉》歌舞剧剧本，让我看看。原来，那次讨论会后，他竟动了写这个剧本的念头，而且一挥而就了。

舞剧塑造了一个米脂的貂蝉青青，长得漂亮自不必说，却不是弄得吕布昏头晕脑的那个貂蝉，而是爽快泼辣透亮开朗的乡间民女。在她周围，紧盯着三个性格各异却独有一架俊骨的年轻汉子，展开了痴情的追逐，戏剧冲突和冲突中的情趣十分抓人。同样在这冲突中，把三个迥然不同的青年的个性演绎得十分生动鲜明。当这场爱的追求激烈到不可开交时，我真不知如何归属、如何收场，达不到爱的追求目的的虎子会发生什么暴烈行为，因为按他的性情和当时的生活位置，很容易让人作出这种猜断。我的这种猜断无疑是最愚笨的庸常的思路，剧作家总是以超凡脱俗的构想出奇制胜，制造惊心动魄的戏剧效果，给观众以始料不及的心灵冲击。阿莹在这里完成了堪称绝妙的一笔，虎子把青青和石娃送进了拜婚结亲的福地，不仅观者的我料想不到，乡间参与婚礼的乡亲也惊诧不已，尤其是拜婚双方也如同梦里相逢。我读到这里，不由"噢呀"一声慨叹，一个顶天立地仗义不盅的虎子的形象挺拔起来，透出耀眼的心灵之光。没有说教也没有表白，惊心动魄的一幕就发生在人物最合理的性格行为之必然，让读者的我在这一刻充分回嚼人物的魅力。阿莹完成了一种美的心灵的揭示，也完成了一个陕北汉子的形象塑造。

这部歌舞剧的唱词也是几近完善的。阿莹穿插了大量的陕北民歌歌词，这些歌词是经了不知多少年的传唱和不断的锤炼而完成了经典化过程；这些歌词又经过了不知多少年和多少人的传唱，又完成了一个扬弃和筛选的过程；留下来被当代人有滋有味歌唱着的，无疑都是最具生命活力和艺术魅力的唱段。这些经典歌词被剧作家穿插在唱段里，不仅具备原生态的魅力，而且进入了具体的人物对象的心里，也进入了具体的情节推进过程中人物的情感波浪之中，把一种泛化的情感变成活生生和单指的人物情感，不仅如鲜活的血液注入人物，而且因人物的具体化而使这些歌词顿添活力，这也是我始料不及的艺术效果。阿莹自己创作的唱词，紧紧把握着人物的个性，紧紧切脉于人物在不同情景下的心灵情感，准确而又鲜活；依着陕北民歌的格律和语言习惯，多是生活化的民间表达方式，几乎让我分辨不出自创和借用，浑然天成，功夫匪浅。我印象里的阿莹的创作，以小说散文为主，这部歌舞剧的成功创作，真是让我刮目相看，也切实体会到阿莹创作的多样性活力。

有剑铭为友

我无论如何都想不起来，是哪一年在什么场合和剑铭见第一面的。我想打电话问问剑铭，拿起话筒却又放下了，既然不具备井冈山会师那样决定中国革命历史命运的意义，弄不弄清这个时间和地点也就无所谓了。倒是年轻时的几次接触，随着岁月的河流越流越远，反而愈加清晰，愈觉珍贵，也备觉幸运，即淡淡的漫长的两个人的生命历程中，能留下至今让我偶尔忆及依然动情的事，真是人生幸事。

大约是1972年秋天或冬天，我收到剑铭一封信，告诉我他刚刚参加过一个重要会议，陕西作家协会被下放到农村的作家和编辑又回来了，被砸烂的陕西作家协会要恢复工作了，只是不准再用"文革"前的旧称，改为"陕西省文艺创作研究室"。无论这个新的名字听来怎样别扭说来怎样拗口想来怎样不伦不类词不达意，已经无关紧要，起码标志着文学创作又被捡起来了。剑铭还告诉我，陕西的文学刊物《延河》

也即将复刊，同样出于与旧的"文艺黑线"决断的思路，改名为《陕西文艺》。这个会议就是"省文艺创作研究室"和《陕西文艺》共同召开的，与会者是西安地区的一些工农兵业余作者。会议的主题之外，还有一个更具体的事，让与会者向新的编辑部推荐各自认识的业余作者。目的很明了，新的刊物需要作品，作品必得作者创作，声名赫赫的老作家有的虽然从流放地回来了，改造思想的距离仍然遥远，能否重新发表作品似乎还难说。工农兵业余作者，一下子成了香饽饽受到器重了。剑铭在信中告诉我，他推荐了我，而且推荐了我刊登在西安郊区文化馆创办的内部刊物《郊区文艺》上的散文《水库情深》。

　　我首先感动的是剑铭这封信里的真挚。我也很为我心中崇尚着的一个文学刊物《延河》的复刊而鼓舞，尽管更换了一个新的刊名。我在"文革"前一年的1965年初发表散文处女作，到"文革"开火时的1966年夏天，大约发表了六七篇散文作品，全部刊登在《西安晚报》文艺副刊上。除了初中二年级时语文老师把我的一篇作文亲自抄写投寄给《延河》之外，此后许多年的业余操练和投稿过程中，从来也没有敢给《延河》投寄一稿。在我的感觉里，说文雅点，《延河》是全国大作家们展示风采的舞台；说粗俗点，那门槛太高了。怀着这种敬畏的心理，我把习作的散文都送到报纸副刊了。尽管西安地区的业余作者朋友略知我一二，而《延河》和作家协会的全然陌生是合情合理的。正是剑铭这一次推荐，荐人和荐稿，使我跨进了作家协会和《延河》的高门槛。接到剑铭信后没过几天，就接到《陕西文艺》编辑部路萌的电话，谈了他对剑铭送给他的《水库情深》的意见。随后又收到路萌经过红笔修改的稿子。这篇经剑铭推荐的散文《水库情深》，发表在《陕西文艺》创刊号上。今天想来，感慨之极，真应了某点宿命。许多年前一位游迹村野的算卦先生硬揪住我相面，说了许多恭维之词，也免不了提醒的话，统统忘记了，原因在于我向来不信这些神神道道虚虚幻幻装神弄鬼混馍吃的做派，倒是记得他有一句"紧当处有贵人相助"的话。单是在创作生涯里，再缩小到《延河》这条道上，相助的贵人有两个，一个是我刚刚对文学产生兴趣并在作文本上写小说的时候，语文老师车占鳌把我写的第二篇小说亲手抄写到稿纸上，投寄给《延河》。整整过了15年，剑铭把《水库情深》又推荐给《陕西文艺》，而且发表了。我的车老师和我的文学兄弟剑铭，就是我在创作道路上相助的贵人，这一说恰如其分。

那时候，在西安，工人业余作者（那时候没人敢自称或他称作家这个大号）徐剑铭的名字是响亮的，知名度是最高的。西安仅有的三四家省市两级报纸和文学刊物，上稿见报最频繁的莫过于他了。首先是他的诗歌，再就是当年十分流行的一种演出和阅读皆宜的称作"对口词"的韵体文学样式，还有散文和小说。打开报纸和刊物，就会看到徐剑铭的名字和他的新作。我至今依然记得在报纸上阅读散文诗《莲湖路》

时酣畅淋漓的美感，作者激情澎湃，诗意泉涌，才华横着竖着漫溢。我所熟悉的业余作者朋友都觉得诧异，这样的诗和这样的文字，怎么会由一个缩脑耸肩貌似绺匠（小偷）的人倾泻出来？也难怪，剑铭行为举止散漫，在任何庄严的场合，都是习惯性缩着脑袋耸着肩膀不急不慌懒懒洋洋的样子；说话不急不躁，一口地道的西安市民的家常话，极少乃至不见一句文学修辞；在任何正经或闲淡的场合，都是一种低调姿态。然而就是这样一个人，那诗那散文里掀起的气象万千排山倒海似的涌潮，让我在阅读时心怀激荡不已。我串用一句古话，是真才子自风流，显然不指外装潢，而在内宇宙。

剑铭在西安一家名牌工厂当工人，我在西安东郊一个公社（乡政府）当干部，距离不过30里，然而难得一见。上班各自忙事且不说了，那时电话很不发达，经济更捉襟见肘，所以很难有一聚吃顿饭喝回茶的机会，倒是一年里遇着哪个文艺管理部门召集业余作者开会或辅导，便是文朋诗友的盛会。大约是1977年，剑铭骑着自行车到我供职的公社来了。我打开门，吓了一跳，他仍然是那种不动声色更不张扬的样子，身后站着李佩芝。李佩芝也算熟人，也是在业余作者开会时见过，几乎很少说话，更谈不上交往。我把他和她迎进宿办合一的房子，坐下聊天。我那一年正陷入某种难言的尴尬状态。我在前一年为刚刚复刊的《人民文学》写过一篇小说，题旨迎合着当时的极左政治，到粉碎"四人帮"后就跌入尴尬的泥淖了。社会上传说纷纭，甚至把这篇小说的写作和"四人帮"的某个人联系在一起。尴尬虽然一时难以摆脱，我的心里倒也整端不乱，相信因一篇小说一句话治罪的荒诞时代肯定应该结束了，中国的大局大势是令人鼓舞的，小小的个人的尴尬终究会过去的。

我按我的职责抓着蔬菜生产和养猪，以及正在施工的一条灌渠工程。剑铭说他听到某些闲话，显然是传言，但他很不放心，又不摸虚实，便叫上李佩芝来看望我。我此时此刻的感动，远不是他给《陕西文艺》推荐稿子那种层面上的意蕴了。我感到了一种温暖。我充分感受到陷入尴尬之境时得到的温暖是何等珍贵。其实任何安慰或开脱的话都不必说，单是此时此地的这个行为就足以使我感到温暖了。我那一刻的感觉只有一点，在这个纷纷攘攘的世界上，有徐、李两位文学朋友还关心着我的兴亡，在感到温暖的同时，心里也涨起力量了。已经错过了机关吃饭时间，公社所在地连一家食堂也没有，只有一家供销合作社，我执意买下两斤点心，那一刻竟是打烂账的豪勇，决不能让两位送温暖的贵人饿肚子踩自行车运动几十里回城。今天的人也许以为矫情，需知那时候我月薪39元养着一家五口，平日里是捏着钢镚儿过日子的，身上不名一文是正常状态。大约是这年冬天或次年（1978年）早春，剑铭又约了西安几位文学朋友到我原下的家里。我当时刚刚接手家乡灞河河堤工程的副总指挥，难得有一个休假的礼拜，家庭经济也仍然维持在39元月薪的水平，一下子从城里来了这么多贵宾，就紧张就发窘了。倾其所有储备，只能是一碟生萝卜丝作为凉菜，一盘萝卜条和白菜烩熬的热菜，主食则是干面。朋友们都知道我的家境，来时就带着白酒，喝着谝着，倒也尽情尽性。那时候的社会主题和民间话语，都是笑骂"四人帮"，我们很自然地以各自的观察和猜测设想未来中国的可能性变化，时有争议。这些朋友在西安城里的某个角落都有一个社会角色，工人、公园杂工、街道办干部等，许多年来因为一个文学的共同兴趣联结在一起，此时最关注的当然是文艺政策放宽放松的尺码。放宽放松是共同的肯定的看法，而在尺码上却很难把握。这次聚会发生过一个细节，剑铭把一张稿酬汇款单据给我的农民夫人验示了，以此证明稿费要恢复了。无需解释的言下之意，稿酬一旦恢复，你的日子就会好过了，这个家庭的困窘和拮据就会改善了。我隐约记得那张稿酬单上的汇款额不过十几块钱，那时却是一个令人目眩到不敢相信的数字。我也在心里盘算着，相当于当时增加三级工资的这笔"外快"，一旦注入家庭经济，我起码可以不让来访的朋友自带白酒了。

　　大约到 20 世纪 80 年代初，中国当代文学以摧枯拉朽之势冲决极左的文艺桎梏，真是让新老作家经历了一场历史性的大释放和大畅美！想到仅仅三四年前在原下老家聚会的时代，似乎跨越了从猿到人的漫长历程。我那时住在灞桥古镇上，反倒没有了吟哦灞桥如雪柳絮的怡情，更无法体验验证古人折柳相送的悲凄，我被扑面而来的大解放的生活潮流掀动着，把我的生活感受诉诸文字。我已经有一篇短篇小说获得全国奖。我的第一本小说集刚刚印刷出来。我感觉自己已经进入生命的最佳轨道，即自幼倾情于文学虽经受种种挫折而仍不能改移的这个兴趣。忽一日，剑铭来到我的住所，自然相见甚欢。闲聊中，剑铭说，咱们那一帮文学哥们中，老哥你这几年成绩最显著了。借着这个话头儿，我也说出我对他的一点建议来，减少或者不参与某些厂矿的文化活动和属于好人好事的报告文学写作，以便集中精力去写属于文学意义上的作品。我的这个意见其实不是我一个人的看法，和原来那些如他称为哥们的文学朋友遇到一起时，哥们似乎都有点惋惜，按剑铭的才气和智慧，对于文学的敏锐和不俗的文学功底，对城市深刻的体验和个人经历的丰富，早就应该出大的创作成果了，早就应该是文学复兴中最先跃上文坛的新星了。哥们常常带着遗憾议论，所能找到的原因便是我上述的那点事。出于对文学创作的理解，我渐渐形成一种个人戒律，不给别人开药方，不对无论生人或熟人的写作说"你应该怎样又不应该怎样"的话。我此前也与剑铭多次相遇，都不敢说，今天终于说出来，最基本的一点，也是想到按他的天分和现有的文学装备，理应出大成果，便有遗憾和损失的心理。剑铭笑笑说，这一点自己早意识到了，只是心肠太软，架不住朋友的热情邀请，也不忍心让过去的那些工人朋友失望。

后来听一位年轻的业余作者说："如果不是为扶持我们，徐老师的名气肯定比现在大多了！"我这才忽然明白：从文学解冻之初，剑铭就开始主持一个工人文学刊物，后来又到

《西安晚报》当副刊编辑。依他的热忱与执着,这种"为人作嫁衣"的事业肯定耽误了他许多耕作"自留地"的时间和精力。我在为他惋惜的同时也就多了一分肃然。

2002年某日,接到剑铭电话,说报社给他在沣河边上购得一套住宅,想约几位老朋友在新居一聚,庆祝乔迁之喜。我竟然很感动,最直接的感动就是我们在地理上的距离变得如此之近。我那时重新回到原下祖居的村子,不过是为了逃离太过逼近的生活的龌龊。这个年龄了,经历了冷暖冰火几十年的生活了,唯一不可含糊的生活信条是,人给社会建树美好的能力总是相对的,而不能制造龌龊却是绝对的。我便在原下的灞河边上重新阅读和写作。剑铭住到原西的沣河边上安居乐业了,应该是距我最近的一位作家了。

猴年伊始,我到原上去给老舅拜年,回来路经剑铭沣河边上的住宅,喝一杯清茶,仍是一种素有的平淡、素有的踏实。剑铭的住房还算宽敞,装饰得也不错,书房里挂着几年前由我写的"无梦书屋"的毛笔字,我看了颇觉别扭,吹牛说毛笔字已有进步,我要重写一幅,心里却潮起"历尽劫波兄弟在"的诗句来。剑铭告诉我,他已经写过1000万字的作品了。我并不惊诧,他的敏锐的才思勤奋的习惯呈现为快手,我是早就知晓的。他说他要出三本选集,诗歌、小说、散文各出一本,应是较大规模的一次专著出版,我也不惊讶,甚至以为早应该有这样规模的出版了。他拿出来一本《黄罗斌传》的长篇人物传记,才是令我震惊不已的事。黄罗斌为陕西蒲城县人,陕甘红色政权的创造者之一,20世纪60年代遭遇冤案，一生充满传奇，超乎常人想象。无论解放前还是解放后黄罗斌的全部生活历程，都与剑铭的生活经验相去甚远，然而剑铭写成了，并付诸出版了，包括传主眷属在内的各方都评价甚高。更令我惊奇到不可思议的是，这部30余万字的作品，写作时间仅仅一个月。剑铭不动声色轻声慢语给我说："我一天写10000字。"我听说过用电脑一天可以码出万字的事，年轻时的我也曾经有过在兴头上一天用钢笔写出万把字的事。然而剑铭在整整一个月的时间里，每天用钢笔以10000字的速度写完一部30余万字的长篇人物传记，而且一遍成稿，而且得到出版社编辑和传主眷属的高度评价，且不说我如何惊讶、感动和钦佩，起码日后不会因为谁的出手之快吃惊了。

  我约略知道，多年以来，剑铭写了大量的各行各业杰出人物的短篇纪实文学，主编了某些系统优秀人物的报告文学集子，既亲自出马采访写作，又兼以帮助修改整本书的稿件，不厌其烦，不拿架势，深得各家主管领导和作者的尊敬与爱戴。我较为确凿地知道一件事，是他主编陕西国防工业系统的一部报告文学集。我曾为这本书作序。在国防工业系统有那么多鲜为人知的无名英雄，我在阅读中不止一次热泪难抑，那本书里就有剑铭写作的九篇激情洋溢的文章。我之所以特别提到这部英雄碑史式的报告文学集，只有一点想作以强调，即在剑铭把诗人的激情倾注在那一个个无名英雄献身事业的文字上时，他还被一桩冤案囚锁着。一个被冤案侮辱侵扰的作家，依然故我地对国防事业的英雄倾心纵情，展示的就不仅是一个人民作家的情怀，也应是对冤案制造者的一种凛然表白，一种无意的嘲讽。

剑铭告诉我，他手头还在写作一部长篇纪实文学，是三秦子弟立马中条（山）抗击日寇的气壮山河的群雕式作品。这样，在已经到来的猴年，剑铭将有两部长篇纪实作品和三部选集出版，当为盛事。一个作家，一年里有着如此丰硕的果实得以收获，还有什么事能比其更令人感到心灵与精神的慰藉和自信呢！剑铭属相为猴，今年满60了，这是怎样令自己也令朋友欢欣鼓舞的一个年轮哦！

2002年时，我曾在一封致剑铭的短信里写过这样一点感慨：相识相交几十年了，他在城里，我在城郊，多则一年里有几次碰面聚首的机缘，少则一年也许难得相遇，既不是热爱到扎堆结伙，也不是互相提携你捧我吹。几十年过来，剑铭大约有两篇写到我的轶事的千字短文；我也只有前述的那封对他的一篇纪实作品读后感式点评的书信。然而我心里有个剑铭，或者说剑铭实实在在存储在心里，遇着机会见面，握一把手就觉得很坦然了。剑铭小我两岁，今年也年过花甲。我写这篇文章的时候，心里始终萦绕着一个小小的核儿，就是温情，就是友谊。热闹的人生与社会交会的场面，过去了就如烟散了；生活演变中的浮沉起落，也终究要归于灰冷。作为朋友，能留下来永远在内心闪烁着温暖光焰的，除了真诚，什么都难以为继。

我便备觉荣幸，有剑铭为友。

说给云儒三句话

云儒过70岁生日,各界人士拥集,场面庞大而又热烈。对于一个大半生都从事原本属于冷寂的文学评论工作的人来说,足以见得社会影响的广泛,远远超越了文学界。云儒约我说话,正中我表现欲念,连任何客套都不曾发生,我便踊跃而出,瞬即形成三句话,说给云儒。

第一句话,云儒是我的老师。这话不是客套,更不是恭维,而是真实的事实。

20世纪60年代初,西安市艺术馆为文学爱好者搞文学讲座,我是虔诚的一个听众。周六下午走到纺织城东边的水沟村,花两角钱在农民的家庭客店歇脚,天不明起身赶到西安聆听各种选题的讲座。约略记得是那年春末夏初的一个周日,我在讲堂里看到了走上讲台的肖云儒,竟然由惊诧而瞬间浮泛出悲哀沮丧的情绪来,概出于他那一张脸孔。不单是那张脸的俊气，关键在那张脸所标志的太过年轻的年龄，看去好像比我还要小几岁，我的沮丧以至悲哀便发生了，这样年轻的人登上讲台作讲座，而自我感觉比他还长过几岁的我坐在台下接受他的文学启蒙，还梦想搞文学创作，未免太晚了……

我还是耐心听讲。他的讲题是《散文散谈》。就是在这次讲座上，我亲耳聆听到他对散文这种文体的概括——"形散而神不散"。这句堪称精湛的概括，在我一遍成记。我那时正学习散文写作，这句话便悬在心中。几十年后的今天，云儒关于散文的"形散而神不散"的概括，不仅随处被人引用，业已成为学界公认的关于散文写作最精到也最传神的概括，似可称为肖氏语录。而这样精准的概括，是他在20出头的年纪里说出的，足见其学养之不俗，以及横溢的才气。

我视他为老师，源出于此。尽管见面握手时直呼其名，老师的印记一直悬在心中。

新时期文艺复兴潮头伊始，陕西应运而出一茬青年作家，作品引起整个文坛的关注。几乎与此同时，陕西的中青年评论家组成一个纯民间性质的"笔耕"评论组，紧盯着刚刚跃上新时期文坛的这一茬陕西青年作家的创作变化和发展，对他们的作品进行品评，对他们的创作起到了促进作用。云儒是"笔耕"评论组年龄偏轻却是最敏锐的评论家，他的笔锋触及到每一个作家的作品，赢得了作家们的钦服。我也是受益者之一，不仅在他肯定意见所给予的鼓励，更在于对作品弱点的严肃的批评。记得我的《信任》获1979年全国短篇小说奖时，得到的几乎是一口腔的称赞，猛一下听到他毫不遮掩的批评，而且是甚为致命的否定性批评。他不管你获什么全国奖。对我的批评是在一个小型创作座谈会上正对着我说的。我虽然没有申辩，却基本不予接受。直到几年又几年之后，自我感觉实现了一次又一次创作突破之后，我才一次又一次更深刻地理解了他的批评。确切说来，是一个生活真实与艺术真实的老话题，也是创作的一个大命题。我在20世纪70年代末，对于创作的理解和感知，尚不能理解他的批评；反之，他对文学创作的理解和审美，超出了我当时所能接受的；当我后来的创作有所突破，大约才一步一步接近了他的那个文学理念和审美准则，钦佩便产生了，敬重也就是很自然的事了。

听到也看到一些看人看脸却不看作品成色甚至掂红包轻重的评论的传闻，常会想起仁兄云儒直对着我面毫不口软的批评，愈觉难能可贵。隐藏在心中30年的这第二句话，在仁兄庆贺70华诞的场合说出，在我算得是一个最恰当的机遇。

第三句话，是我刚刚意识到的，即云儒已经进入人生的又一个新的境界——达观。

生日庆典仪式的同时，云儒的散文随笔集《雩山》首发。我先读《雩山》自序，直感便是云儒已进入达观这种人生的高境界。我觉得尤为难得，人活70现在并不难，难得的是进入生命体验里的达观境界。

我约略可以看到云儒抵达达观境界的一条途径，从文学评论形成广泛影响之后，即到新的世纪伊始，他的言论已经不再局限于文学作品，而是涉及社会、政治、经济、文化、历史和现实，完全成为一个视野宽泛且有独立见解的学者。说来有趣，每当有机缘听他发言，或在报刊上看到他的文章，还有电视上听他侃侃而谈某个话题，都是一种新颖的理念，敏锐的思维；甚至刚刚流行的新鲜语汇，在他说来如道家常。在我这个受众的感觉里，既有对新理念的启蒙，也有新鲜语汇的普及……这种情景里，我突然会意识到，我还是近50年前坐在文学讲座讲堂里的听众，是学生；他依然是登上讲台讲演的先生、老师。差别仅仅在于——云儒已是进入达观境界的人了。

西安人武元

在我生活的圈子里，接触最多交往最多的自然是陕西人，尤其是西安人，这是我的出生地、念书的学校以及工作环境所决定了的，所谓"涝池的鳖——游不远"。而在西安的熟人朋友中，如果抛开权力、财富和个人成就，仅就个人魅力而言，武元是一个最具特点的西安人，或者说，是一个独具魅力的西安男人。

魅力首先来自最直感的说话。

武元说一口纯正而又典雅的西安话，我在西安还没有听到过谁把西安话说得比武元更好。发音准确、口齿清晰、抑扬顿挫、流畅通达、富于节奏感，这是任何人说地方话包括普通话的口语表述的基本要素，也是说西安话的许多人都能做到的，并不为奇。武元的西安话说得饱满、底气十足，使我感到了说这种地方话的人心理自信；武元的西安话字正腔圆韵味无穷，慷慨时如飞瀑倾注，动情时又如行云流水，使我一次又一次感受到母语西安话说起来竟然如此独具韵味，也自信起来了。我每当看到那些以西安话来演出小品的演员时忍不住就想给他们提个建议，可以去找武元学一学西安话，以纠正他们发音中的许多令西安人听来特别不舒服的怪腔怪调，甚至让人感到的只是西安话的丑陋（与剧情中的丑陋无关）。如果只是为了展示西安话丑陋的一面，那么还有什么必要用这种方言去演出呢！

武元的西安话又说得智慧，包括机智，包括调皮，包括幽默，包括调侃。又完全是西安本土韵味的机智调皮幽默调侃，往往是分寸恰当刚到好处而不失于油滑和强装。这是很难学到的。语言智慧是心灵智慧的直接表述或展示，既有天性因素又有后天的学识视野博闻等因素的综合凝聚。因为文化人现在特别看重幽默，甚至有人断言中国人没有幽默；甚至为了显示自己超出不会幽默的中国人而会幽默，便搜肠刮肚甚至挖出大便来恶心人。幽默不是油滑。幽默也带有地域和民族的特色。幽默是深层智慧的自然流露，唯其自然，才具魅力。武元所说的西安话的魅力全得益于兹。

我和武元是校友。在我进入古镇灞桥柳荫掩映的西安市第34中学读高中的前一年，武元因家里的劫难而辍学了。我在进入这所中学之后便感觉到了武元和他的父亲的魅力的影响，武元在初中就发表什么作品了，武元如何如何聪明大有神童之称，云云；武元的父亲武志新讲课如何神采飞扬，而且是30年代既能演新戏又会编剧本的剧作家，云云。作为文学爱好者的我，武家父子的文学才能对我具有够多神秘的色彩。然而，武先生被划为右派劳动改造去了，武元也因此辍学了，没有了武家父子的这所母校，如诗如画的烟柳似乎也空洞了。

十余年过去了，在西安兴庆宫公园一隅的一间小平房内，几位西安的业余作者聚会于此，我才第一回见到了武元。其时，他是兴庆宫公园的养鱼工人，和妻儿就住在这间小平房内。我第一次和他握手，听他说话，不单是觉得他把西安话说得如此优美，而且觉得他长得很俊，也应该是我见过的西安文化文学朋友中长得很俊的一位。长得很俊西安话又说得很好，这个武元确实是令人感到一种独特的纯粹是个体生命的魅力。

那天晚上我们几位文友游了兴庆湖。这是我第一次乘坐小木船游这个人工修建的湖，而且是在晚上人散园空的时候，月亮挂在天上，有跳跃的鱼儿在湖里翻动水声，有两次竟然跃跃到小船里来。这是我们几位文学朋友利用"渔民"武元的特权而得到的一次超级享受。

多年以来，我们都生活在西安完整的老城墙圈子里，彼此接触却为数不多，甚至极少个人相聚，倒是不经意间在某个会议上就碰见了。文人的聚会一般都轻松一点，自然也散漫一点，正襟危坐的情况总是极少的，往往免不了上面发言或报告，而下面我行我素交头接耳沉湎于两人的小交流，大家都习以为常。在这种时候，武元发言了，不过几句话出口，那些窃窃着的小交流的嗡嗡的声音便会渐渐消失。这当然不是行政命令的结果,当是他的独立的见解和敢于直抒见解的勇气,丝毫不管自己的见解冲撞了某个朋友,相悖于某位权威,背驰于某个领导。独立独到的纯艺术见解,加之忠于艺术只看艺术的脸色而绝不顾及非艺术脸色的痴情与勇气,往往便在这种场合形成一个清新纯净卓尔不群的声音。这声音便有了它原本的魅力,况且他的西安话又说得那么纯正那么机智还有那么一点典雅之韵。我常常沉醉在武元的这种声音里,感受西安方言土话的"古调独弹"的魅力。

又匆匆过去了许多年,正儿八经的两人约会才有了第一次。我们在一间借来的小屋子里坐下,我发现他依然很俊,两个小眼角的眼皮虽然有点耷拉,把一双俊气的眼睛变形为准三角,然而准三角的眼睛依然俊气,主要是那眼神依然灼灼透亮。稍有点厚的嘴唇显得有点鼓突,显示着某种傲气和天然的自信。当然,最动人的一瞬还是他开怀时的一笑,准三角的眼睛扯成两条动人的弧线,厚且鼓的嘴唇张开时同样动人,而且那爽朗的笑声使人觉得他胸脯里可能装着一个大铜锣……我们才有了第一次详谈。

武元1956年上初三时发表处女作,那是一篇寓言。武元在中学办文学墙报,名曰《柳絮》,显然是取古镇灞桥被千古吟诵的柳色的意味。武元父亲1957年被打成右派,1958年春节期间被押去劳动改造。那天武元到文友王韶之家去拜年,传来这个急讯时,他赶回家去,没有见到父亲,随后便和母亲以及弟妹们搬离灞桥。母亲靠糊火柴匣养育子女，武元便开始了打工生活，拉架子车搞运输，为新修的公路砸铺路的石头，自然都是体力活。想想从此愈来愈紧张愈来愈无序的以阶级斗争为纲的社会生活，作为一个右派儿子的武元会经历什么，遭遇什么，谁都会想到的。然而武元就在那样的炼狱里挺过来了，而且在夹缝中对秦腔戏剧的研究功夫深厚，而且保存了那么一口字正腔圆独具韵味的西安话口语能力。

有幸和不幸，从来都是相对的。相对于父亲的遭遇和结局，武元以为自己还是有幸的。毕竟在他中年时期结束了"文化大革命"，结束了灾难连绵动乱不已的社会生活，他可以从事自己痴迷的戏剧研究工作了。也许正是经历了更多的灾难和艰辛，他珍惜今天；也许是灾难驱使他更多地混杂在各色底层劳动者中间，他汲取了普通人的智慧也吸收了他们的正直善良的美德，至今依旧爽然朗然地行自己的路。据说，武元从他居住的街巷走过去，街两行开铺面摆地摊的男人女人便会"老武武元武哥"连声吆喝呼叫起来。

武元要出版他的专著了，嘱我作序。这是年近六十的武元的第一本作品集。一个神童从少年走进花甲，经历了我们国家和人民最迷惘最艰难的全部痛苦，在社会的最底层生活着体验着，坚守着文学，坚守着一个正直的文化人的道德和良心。即使在繁荣的新时期的文坛，武元从来不事张扬，不要鼓吹更不做自吹自炒，这不单是个人修养的事，而是出于他对文学的更本质的理解，任何非文学因素的鼓噪不可能给文学创造活动增添任何实质性内容。他几十年坚持有话则说，无话闭嘴；有独立见解才说，废话假话绝不敷衍成文。这样一本集子的出版，弥足珍贵。

我便思绪万千。我一下子忆及他与我共同读书的母校，那柳荫如波似烟柳絮如雪的灞河之滨的西安市第34中学。他辍学之前的高中阶段主办过文学墙报《柳絮》，我也在往后的高中阶段和文学爱好者组织过文学社，在同一学校的墙壁上张贴《新芽》文学报。我们用同样的形式做过相同年龄里的相同的梦，即在几十年后我突然意识为魔鬼的文学这个梦啊！

人生易老，文学的梦不老不灭，我们便觉得活着很好。

灵人

关中民间把那些智慧超常的人称作灵人。灵者，聪明也。灵人，聪明人，或才人才子。

王定成是个灵人。灵人王定成供职陕西省财政厅，任基建投资处处长，省上的重大基本建设工程的投资款，全都从他的手里码出来，一般都是以百万千万乃至数亿来说话的，这才称得上真正的"大款"。当着这样大的一个家的人，没有一个好用的脑袋肯定是难以胜任的。他的工作无须我评价，早有省长程安东对他处理的批示在："工作有成绩，还有些改革和创新……"

令人惊奇的是，这个灵人不仅有一个善于理财、精明如运算机器的脑袋，那脑袋里还有一根或两根十分灵敏的艺术神经，这就很不容易了。我们常听说许多艺术家不会算账的笑话，典型的应该是文学大师钱锺书先生，大学考试数学为零分。王定成会写小说、散文、诗歌，年轻时曾迷恋文学，不断有作品发表，一篇名为《当归》的短篇小说在80年代初的《陕西日报》引起读者热烈反响。如果他从那时候一路写将过来，也许会是陕西作家群的重要一员。

　　灵人王定成还拉得一把好二胡，不是一般的爱好，而是功夫老到深谙弦韵，颇得丝竹之深层体验，《二泉映月》从他的指下叩出的旋律，如行云如流水如山风更如泣如诉，可与阿炳乱真。这个灵人近年来又染指摄影，常有佳作发表出来，对山河对溪水对一枝野花野草，似乎有一种天然的敏感，总是能发现独特的角度，捕捉绝妙的瞬间，传达出精彩的韵味。

　　然而王定成真正用心的事却是书法。王定成上学时，我们的学校已经基本废弃了毛笔，入学的孩子先是铅笔后用钢笔，他却正是从启蒙时就据起了毛笔，摆开了砚台，铺开了仿纸，正规正矩地练起了毛笔字。当然，这种作业可以称得上是真正意义上的"家庭作业"，不是老师指派的，而是家父规定的。这个家规说来源远流长，说破了会令人大吃一惊，那可是从书圣王羲之流传下来的，王定成是王羲之的43代孙，嫡系。

　　王定成从那时起，毛笔砚台和宣纸就没有离开过。在他广泛的业余爱好中，唯有写字是贯穿始终的，算来少说也有40多年了。40余年坚持不辍，磨秃了多少支大号小号毛笔，蘸干了几缸笔汁，这字的功夫能不老到么！据说书法界也多花拳绣腿之作蒙骗行世，没得真功夫便玩奇招儿邪门儿，以至手上不行干脆用脚。定成自然不会在乎这些，而是遵循王氏家训遗风，临帖摹碑，博采众长，尽皆名家大师的传世篇章。

起点定调既高,自然不会流俗。直到融会贯通,终于形成自我,独成一家,独秀一枝。我在王定成的书法艺术里,读出雄浑,又读出俊逸;读出苍劲,又读出婉转;感受到凝重和苍凉,也感受了柔情和纯洁;然而更使我感受强烈的是,竟能听到一缕丝竹之声。当我面对一幅幅风姿百态的书法艺术,便有或沉雄或刚劲或如泣如诉的音乐同时萦绕于耳际。这自然得益于他对文学和音乐的素养,更倾注着他深刻而不是浮躁的生命体验。文如其人,字亦如其人。任何艺术形态的创造愈是到高处,就愈显示着艺术家的生命体验和人格精神,这才是决定艺术个性的最要害的东西。

我曾经有一种疑惑,不知那些终身投入到数字运算工作的人会不会乏味枯燥,因为我对数字从未发生兴趣和激情。王定成是一个对数字充满激情的人,终生都在理财,从地方理到省厅,而且理得精当,他兼着文学、音乐、摄影和书法的诸多兴趣,生活该当怎样的丰富多彩,真是令人羡慕,自愧弗如,灵人就是灵人。

痴情如你

剧作家王军武,小我4岁,算是同代人,祖居长安,又算是乡党(辛亥革命后我的家乡辖属的咸宁县归并长安,直到50年代中期合作化完成后重划为灞桥区)。相识20余年来,互有走动,却不频繁,一年半载也未必能见上一面。必要的约见,多是我向他借用秦腔录像带子,前些年我住乡下,电视信号受原坡遮挡,难以享受电视的快乐和烦恼,便用录放机放录像,以便熬过写作之后的寒冷冬夜和溽暑难耐的夏夜,武打片看腻了,便想欣赏秦腔,便想到乡党王军武,借来一厚摞带子,有本戏,亦有折子戏荟萃,更有秦腔新老名角的拿手唱段。在我独居蒋村的十年里,尤其是写作《白鹿原》一书的后几年,欣赏秦腔便成为写作之后的最为舒心的艺术享受。唯其因为录像带取之于军武,从那时到现在,我都保持着一段美好的记忆。

初识军武,大约是70年代的"文化大革命"之中,西安地区的文学爱好者常常聚会,有时是市艺术馆组织的创作辅导活动，更多的是作者们自己的邀约，我确实记不得和军武在什么时间什么场合见的头一面，却确实记得第一次见面之后便被传说的他的一次壮举而感动。1968年冬天，22岁的乡村青年王军武，筹凑了65元人民币，单身一人骑着自行车从长安县出发，到山西省文水县去探访英雄刘胡兰的生平事迹。从那时候到现在我仍然真诚地感动于这个壮举，原因是太不容易了，我首先能切身感到的是，那时候吃饭需要粮票。一月多的行程中，除了筹款，怎么筹借几十斤粮票？抑或是自己背着干粮，像"梁生宝买稻种"那样精打细算，蹭到饭馆去要一碗面汤？那时候从陕西长安到山西文水的交通，远不及今天有高等级公路相通，许多地方连像样的沙石公路都没有，而王军武所能装备的肯定不会有专为长途跋涉的特殊性能的自行车，充其量只配有农村人在那时代里既能载物亦可驮人的最实用的加重"飞鸽"或"永久"，走到前不着村后不着店的荒僻山径上，断了链条或撒了气怎么办？况且，1968年的中国，从南方到北方，从城市到乡村，武斗的枪声因为夺权斗争而愈趋激烈。一个孤立无助的乡村青年，一个文学爱好者，却踏过了如我一般常人所难以跨越的障碍，到文水县去追寻一个为了理想而牺牲的英雄女儿短暂的人生履痕，为了一个文学的梦。

一年后，王军武的秦腔大戏《刘胡兰》创作完成了，1970年的春节，由长安一个村庄的业余剧团排练演出。这应该是王军武的戏剧创作的第一声，不是小曲小调，而是洪钟大吕，不是小捏搓，而是大披挂。无论这个戏取得了几分成功，真正的意义却在于，王军武第一次验证了自己，奠定了自己，向这个世界发出了第一声吼叫，用的是秦腔秦韵，一个长安乡村农家院落里走出来的子弟的智慧和天赋。

以第一本大戏《刘胡兰》的创作为开端，到现在整整30年了，他的工作几经变动，可以列出这样一个流程：乡村老师—公社广播员—西大中文系学生—编辑—戏剧创作辅导员—振兴秦腔办公室主任。这是王军武的生命流程，始终围绕着一个轴心——剧本创作而运转。无论他做什么工作，都在正业之余倾注着对戏剧的痴情矢志，绝无动摇，亦未移情，这是那些为着自己喜欢的事业而"消得人憔悴"的中国人的普遍行为。这样，他就有了30余部大小戏本的结晶，有历史剧，有现代戏，《荆轲刺秦王》《鸿门宴》《雪域忠魂》等，都一一上演，这是很不容易的事。戏剧比不得小说，尤其在当今，电视的普及把包括京戏这样的国剧都逼压到生存困境之中，地方戏和一切舞台剧就更困难了。然而，正是在这样的逆境之中，王军武依然不改初衷，钟情于秦腔新戏的创作，而且每一部新戏都被剧团和导演看中，得以演出，其中最根本的原因是剧本写得好，有戏。剧本无"戏"，似乎令人难以置信，然而却是严酷的又是不争的事实，如同《皇帝的新装》一样的小说。戏本必须有"戏"，然而又难得有"戏"；真正有了"戏"的戏本才是好戏本，才能首先被搬上舞台，才能拉住观众，才能吸引当代观众和后世的观众，戏本就获得了存活的永久性的生命力。这是包括小说、诗歌和戏本在内的一切艺术形式的作品的概莫能逃脱的铁的法则。

然而在戏本获得真正的"戏"的意义上，自然有多种因素，诸如构思之精巧奇诡，情节之波澜回旋，人物命运的起落跌宕，生动的话语和优美的唱词，都是必备的。更显得重要的是作家感受历史和现实生活的视角，才是一个戏本之"戏"的最关键之处。譬如荆轲刺秦王，譬如鸿门宴，这些几乎妇孺皆知的历史故事，要写出新的有意思的"戏"来，真是太难了，因为这样的历史故事早被普通人把一般意义上的"戏"的趣味在口头上咀嚼得如同蔗渣。王军武以全新的视角透视了这些历史事件，获得了空前的成功，这是军武创作的生命活力的展示。行家论军武的创作有如下的概括：受周秦汉唐雄风影响和黄河文化的哺育，秉承古老的秦腔剧种独具的黄钟大吕，乐府正声的品质，慷慨激昂、悲壮豪放又婉转缠绵的表述风格，纵览其创作的作品浑朴大方，铿锵有力，富有戏剧性和哲理思辨。

军武除了自己的创作，更有一个特殊的社会职务，叫做"振兴秦腔办公室"主任。秦腔需要振兴，这在80年代中期以前几乎是不可思议的事。秦腔不单独霸西北从省会到县城的几乎全部舞台，而且从乡村的自乐班到村社业余剧团，几乎是西北人最高的精神享受。这种霸气很快便在80年代中期以后消弭。现代娱乐花样及其手段的爆炸，把包括秦腔在内的传统剧种和娱乐形式逼迫到几乎土崩瓦解，生活节奏和现代青年的欣赏兴趣的变化，都是传统的秦腔所面临的新挑战。如何使这个诞生于秦地且红火了几百年的优秀的民族之花重新焕发活力，正是军武所担负的历史性的重任。我在和军武的接触中可以感受到，他对秦腔一往情深，又满怀信念，显然不是这个职位决定了的（无权无钱的职位），而是对秦腔的那种亲情。这是任何人成就任何事的关键，无论于秦腔的振兴，无论于秦腔剧本的创作——我早在他单骑到山西的壮举中感知到了。

自信是金

书院门的古文化一条街,是西安古城里一个别具风姿的亮点。书画墨客诗家骚人钟情于此自不必说,那些对中国古文化包括民俗建筑兴趣高高的域外男女,看了兵马俑登了乾陵膜拜了法门寺游转了古城墙,然后告别伟大的神和伟大的死人而遁入民间,到古文化一条街的书院门去逛达。这里的每一条巷道每一扇门窗及至铺路的青石板,都弥漫着久远年代中国人的民间烟火,无论国人无论洋人,其实大家都是靠民间烟火维系生命启迪智慧滋养创造能力的。

自信是金子的王勇超就在这条街上占有一坨风水宝地。卓尔不群的"洗砚园"又是这条街的一个亮点。

多年以前,我游览这条刚刚复建的古文化一条街时,一幢幢风姿各异的房子令人流连忘返,一副副意蕴千秋笔墨骇俗的对联令人陶醉,尤其是一家一店的名称匾牌更令人不由自主地琢磨主人的情性和意趣。走到三岔巷道时,看见"洗砚园"三个字的匾牌,便不能移步,驻足良久,真是觉得这个名字取得不俗。看看署名，竟是毛锜手笔墨迹。毛锜是当代陕西一位博古通今的人家，如果论起知识装备构成来，他应该是属于学者型的作家，是王蒙多年前倡导的"作家应该学者化"的一个令我钦佩的作家。毛锜的字是文人字，不是那些把汉字写到似龙类蛇的专业书法家的字，这恰恰是我更感兴趣的那些古代和现代文学大家们手稿上的字，即把汉字当字写的那些文人的字。我那时候尚不认识这幢气派的四层建筑物的主人王勇超，只是感佩他找毛锜取名"洗砚园"并题写斋名，真是有眼识得金香玉，找对了门子。

多年以后，我和"洗砚园"的主人王勇超有过一次交谈。他是长安郭杜人，五岁时竟然对母亲端给他的一碗面条惊诧地问："这是什么饭？这么好吃！什么时候能天天吃面条呢？"这个五岁孩子的问题听来令人心酸，甚至令今天的同龄孩子以为是天方夜谭。其实稍有点年岁的陕西人，尤其是以面食为首选食物的关中人，起码近一个世纪以来的生存理想就是五岁的王勇超的理想，即什么时候能盼到天天吃白面面条白面馍馍的天堂般的生活呢？我们曾经在一段很长的时间里嘲笑过赫鲁晓夫对共产主义的注释是"土豆烧牛肉"的名言。其实我们自己的百姓只有死了牛方可以分得一绺牛肉，土豆在山区是作为主粮代替麦子和大米来折算供给定量的；我们的百姓根本不敢企望什么牛肉，只是企盼天天能吃白面馍馍或白面面条就完全遂愿了；我们吃着土豆杂粮甚至饿着肚子嘲笑诅咒赫鲁晓夫亵渎了共产主义的崇高和美好，我们的嘲笑也就显出了虚伪的空洞。邓小平以果决和求实结束了虚伪造成的中国人生命和精神世界的那个可怕的空洞，白面馍馍和白面面条早已是关中人的基本食物了。五岁王勇超的生存理想由邓小平一句话就实现了。然而，争取吃白面面条吃白面馍馍的欲望却更强烈了。他从长安大地的赤兰桥村走进了西安，在古香古色的古文化一条街上撑起来一幢浸洇着墨香的"洗砚园"。这碗"白面面条"可是做得够长的了，这个"白面馍馍"蒸得可是够大的了。无须备述他从一个生产队长到一个三家公司老板的创业过程，相信会有传记作家或王勇超自己来完成这部传记的，我只是对这个从长安大地闯进西安的青年农民表示祝贺。许是我自己也是从古长安大地走进西安的乡村人，也是到城里寻找物质和精神的"白面面条"和"白面馍馍"的一个不想安贫乐道者，因此我对一切从乡村走进城市的人都会生出心理本能的共鸣。

中国的城市本身就是没有得到充分发育的城市，尤其是新中国成立以前的城市，不过是比乡村人口更集中一些的庄或村罢了。然而城市对乡村的居高临下的习惯性意识足以使任何心高气傲的庄稼人变成"稼娃"。这种更多地表现为市民乃至市侩意识的东西一直延续下来，随着社会主义初级阶段较长时期的存在形态，随着城市文明较之乡村更快的发展，还会延续下去。一个乡村人要实现他的人生理想和抱负就更为艰辛，比如在乡村读书的孩子，比如从乡村创业成功进入城市占有一坨地盘的企业家，通常都只能是更艰辛于城里人。然而令人欣慰的是，许多富于智慧也富于自信的乡村青年，走进了地方和中央的高等院校，随后便进入政府、社会科学、自然科学和实业界各个领域,成为国家和民族复兴的栋梁之材。中国属于发展中国家,在整个地球上,中国实际也就是一个最大的村庄。进入欧美那些发达国家,一个个中国人的步态和行为其实总使人联想到进入大观园的刘姥姥。然而关起国门来,城里人立即就显出对乡里人的优越感来,官更像官,大款更像财主,城里人绝不混同乡里人。人和人的本质性差异,其实并不在他落生在锦纬里或土炕上,而是在于他的智慧和品质。毛泽东的祖宗是乡村人,他的智慧自不必赘述;美国开国总统华盛顿原是一位农场主,投犁从戎参加独立战争并成为三军司令,论其祖先还是一个乡村人,仅仅只是200多年前的事。

乡村青年王勇超以其智慧和诚实干成了一番事业,立即进入大学去自修,先修理工科,再修中文。他进理工大学的目的是针对自己日渐壮大的建筑公司发展的需要,必须自身提升成为内行;他修中文却是一种兴趣使然。技术和文化含量的提升,人就发生心理和气质的变化了,我们更不可能用一般的城里人或乡村人的陈腐意识去说长论短了,这才是现代中国人更应看重的治本的东西。

毛锜先生取"洗砚园"之名,有历史典故在:民间出身的画家王冕有"我家洗砚池头树"的佳句;《格古要论》中有"凡砚须日涤之"的规矩讲究。可见毛锜先生肚里装了多少老古董新学问,取下这样一个雅而绝俗的斋名。作家徐剑铭感于此名而敏于诗情,推及深层发问:"凡砚须日涤之,那么人呢?人不也应日日洗涤自己的灵魂,以纯洁的灵魂描画自己多彩的人生么？"我再据此反诘，不洗不洁的灵魂又怎能描绘出洁美的人生图景！

王勇超在与我交谈中说过一句话：我相信我是一块金子。这样的话着实令我为之一震。我几十年里自然遇见过不少自信的人，骄傲以至狂妄的人，然而自诩为真金的人尚未碰见。我又想了，其实自信和骄傲以至狂妄是有本质区别的，这是人的气质中泾渭分明的形态，无须再论骄傲和狂妄的内涵和特征。勇超自信是金却显示的是自信。

他向我表白，他靠诚实起家靠诚实创业，主要是靠诚实处人处世，以诚实接活干活，赢得拥挤的建筑市场的一条生路；以诚实既取得主家的信任，也得到了他的帮手乃至工人的信赖。在当今已经复杂化了的社会生活中，许多人类共筑的道德准则和生活准则开始被颠覆，包括诚实做人做事这样的人生信条。勇超自信是金主要指向这一点。

然而，单靠诚实也未必能成大气候，得有智慧。有智慧的人，再兼备诚实的品德，智慧便可能超出常规得到极限性发挥。同样有智慧而缺失了诚实修养的人，一个可能是害人，乃至祸国殃民，如古今中外的佞臣奸雄，也都是很有智慧的人；另一个可能就是害己，不诚实的品行导致智慧的浪费，事难成大或一事无成。

自信是金。可贵的是这个自信，可贵的是对"金"的品格的坚守，是对时下某些人类美德颠覆的再颠覆。然而从另一面——人的品质锻铸——自信的素质才是人立身的中柱，是金。

自信才是金。

你写的书，让我不敢轻率翻揭

一

时令正当关中平原的早春时节。细雨把一缕缕让人感到滋润的气息送进窗户，微带寒意。窗外的高架桥上交错着连绵着汽车的灯火。听着作家王宝成随心所欲的说话，悠悠的沉沉的语调，虽是让听者的我摆脱不开一种沉重的心绪。然而在这沉重里，我强烈地感受着一个在苦难人生中跃进着的生命，一个咬破嘴唇吮吞着唇血而又不哭不诉的汉子。

这个汉子和我隔着一个床铺，面对面坐在竹椅上随意聊着，话头儿竟是这样提起的：村子里父辈的人一个接一个死去了。剩下没有几个了。我突然发觉自己有关那些生活的记忆,随着人去而空泛了……这显然是切入生命深层的体验,而非一般的生活咏叹。我的心灵深处微微一颤。

许久许久了,我们生活在这座曾经辉煌于中国历史的古老城堡里,虽然很少串通、走动,下意识里却是一种无须表述的信赖。生活中往往有这样的情形,常常见面常常说话常常吃喝常常勾肩搭背,然而放下酒杯松开握着的手,便什么也没有了;有的人如王宝成这类,一年里见不上一回两回,见了面也未必亲热亲昵甚至有点冷冷的人,我却有一种踏实永远的信赖。生活是万象的,即使活到这个年纪,仍然悟不透这个最普遍的生活世相。

二

王宝成的名字和中篇小说《喜鹊泪》是同时进入我的记忆的。刚刚进入20世纪80年代,陕西文坛和刚刚蓬勃起来的中国文坛一样蓬蓬勃勃,时不时便有一个陌生的名字突然在文学里爆响,你无法料知陕北的黄土高原陕南的秦巴山地汉水流域和渭河平原的古老关中,那里正有一棵文学之树于某个黎明拱破土层摇曳在晨风晨光里。我经历过那个令人惊诧令人振奋的好时月,那是过去的历史和注定的现实都不曾发生也很难重现的一种奇异的文学现象。恰如解冻后的原野上草木的复苏,而文坛的冻结要比自然界严酷而且继续了十余年之久。我记不清在什么场合听到王宝成的名字,说他有一部中篇小说在上海的《收获》发表了。看过的人说写得相当好,作者是省委机关的一位干部。《收获》在"文化大革命"前是唯一的一本大型文学双月刊,在我心中有着一种难以高攀的位置,这个王宝成一出手就跃起到这样一个高度,真令人惊羡。回到我供职的灞桥文化馆,便找来1981年五月号的《收获》读《喜鹊泪》,这个小说和作者王宝成便铸入了我的记忆。

现在,我和王宝成隔一个床铺对面坐着聊着。他比我小一两岁,鬓发虽也露白,然而毛发却比我稠密,令我羡慕。他说那个《喜鹊泪》原是听来的故事,是和他在一栋办公楼里工作的省妇联的同志告诉他的陕西周至县的终南山区一个女孩子殉情的惨事。他起初听到时并没有引起创作的欲望,尽管妇联干部很动感情地对他叙说。又过了些日子,妇联主任把那个女孩殉情时留下的遗书给他看了。正是这一封遗书,一下子触及到作家的某一根神经,搅起了情感世界里的波澜,他被一个乡村女孩的纯洁而又凄惨的爱的情愫感应得坐卧不宁,当即赶赴终南山下的黑水河边,寻觅遗落在那里的有关一个乡村女孩的情丝爱絮⋯⋯《喜鹊泪》诞生了。

我听着这个故事,并不太惊奇,每个作家的任何一部成功之作,都有诱发其创作的最初的因素。然而令人感兴趣的,恰好是故事之外的种种奇特的甚至是不可思议的触发作家的创作冲动的诱因,一个为了挣脱包办婚姻为了争取真爱的乡村女孩为情而死的生活事件，虽然动人却终究有点陈旧，毕竟都80年代了，王宝成产生不了创作冲动是合理的。然而那封遗书中的几句话，仅仅是其中的三两句话，却把一个七尺汉子的心灵和情感之湖颠覆了，一个作品便在这一瞬间如同受孕一样奇异地发生了。作家凭什么感知生活感知世界，或者说生活以什么形式或方式去触发作家心灵从而引起波澜，实在是无法预测无法期待也无法钦定的事。作家自己往往也很难料知很难把握，看似不经意间的一种感应一种触发所产生的受孕的效果，往往正可能是一个独具个性的艺术生命的诞生。

三

我读王宝成的作品，无论是中篇《海中金》《故乡麦月天》《父亲·母亲》等，还是长篇小说《梦幻与现实》三部曲，总会产生一种阅读自己的感觉。我曾经多次在阅读中掩卷思索，这种感觉是怎么产生的？是我们都生长在渭河平原相同的经济形态和相同的文化氛围中？似乎也不大可靠，因为我们的个人经历中的差异还是很大的，再说在同一块地域上的作家还有许多，为什么在阅读王宝成作品时会产生这种独有的感觉呢？我终于排除了那些客观的容易产生简单化解释的因素，最终归结到王宝成作品本身。

无论中篇或长篇小说，王宝成呈现给我们的文本，首先以其不可置疑的巨大的真实感直接撞击人的阅读神经。作为读者的我便在那种真实真切的生活图景里完全顺从了，顺从地领受生活的一页斑斓一页泪痕乃至一页污浊；而这一页一页文字所描述的昨天或今天的记忆和景象，恰恰是我经历过承受过也体验过的难以忘却的精神屐痕。阅读这样的文本自然会使沉寂了的记忆重新掀起波涌，且不是简单的重复和重温，而是一种新的咀嚼的快感，是一种回眸来路的感叹和领悟。真正优秀的文学给人的最基本的阅读满足正在于此。

我在阅读《父亲·母亲》时常常忍不住泪眼蒙眬。一个渭北高原最不起眼的土坯屋里流荡着人类最动人的情和爱的大劫，一个关中大汉（父亲）在这种大劫中压抑着灵魂的咆哮承受着走到今天，一个幼稚的生命（儿子）在这种大劫中把哭声转变为沉默、刚毅、正直走出自己的人生，再把这镶嵌在黄土的坡坎下的土屋里美丽的人性的东西双手掬捧给今天的人们：我经历了苦难我经历了成功，我没有被碾压成尘，我终于获得了陈述过去的权利和能力。

王宝成小说的不可置疑的真实感源自他的生活经历和生命体验。我在阅读《父亲·母亲》《故乡麦月天》等中篇小说时，曾经不断发生疑问，这可能甚至肯定就是宝成自己和亲人们真实发生过的生活故事；我在阅读长篇小说《梦幻与现实》三部曲的时候，仍然不断泛起这种联想，企图猜想原有的生活素材和虚构的故事所占的成分，那个经历过极度贫穷经历过亲情割裂又心地纯洁的蒲冬林身上，印染着宣泄着作家王宝成的多少真实的情感份额？我曾经企图把这两者分离出来，探究宝成怎样完成从生活到艺术的奥秘，难得很，终无结果。现在，2000年早春的这个夜晚，我们坐在一起聊天的时间，十年前的这种强烈的阅读猜疑得到了验证，宝成坦然地说，所有这些作品，都带有深厚的自传色彩。

　　文坛常常呈现纷繁的创作现象，作家面对生活进行艺术创造时也是各怀绝技各具套路，本属正常。然而，在真实的树和虚拟的影之间，却有一个难以混同的界线，有的作家面对的是一棵真实的树，有的作家却着意于那树投射到地上的影子。王宝成不仅始终面对着那一棵绿树，甚至那树就扎根在他的心灵和血液里，不可能推开树本身而去追逐那个影子。

　　真实的艺术效果来自真实的生活体验和升华到理性的生命体验。王宝成不仅有一个巨大的蕴藏，而且具备了开掘和表述这种蕴藏的独具个性的艺术创造能力。我不想在这篇短文里作艺术评价，只是感到遗憾，文学评论界往往也发生追逐影子而忘记了真实的绿树的现象。然而这亦不值得计较，影子的变幻和消失终究是难以改变的，而结结实实的绿树却是愈见其强劲的风姿的。

四

　　两年前的隆冬季节，我在渭北高原的蒲城县住过一周。朋友带我去参观杨虎城将军的故居，又参观王鼎的故居，我一时感慨万端。在鸦片战争的民族大屈辱里，陕西蒲城人王鼎力荐林则徐，向清帝作出了死谏的举措；在民族生死存亡的严重关头，还是陕西蒲城人杨虎城作出了震惊世界的兵谏的举措，结局亦难免惨死。我在参观他们相距不远的两座故居时，总是不由得慨叹，这块土地出产硬汉，这块土地的土质和水质滋养硬汉，铁的嘴，钢的牙，血的性，热烈而又刚毅，正是关中人的典型代表，正是一个民族的良心和脊梁。

怀着这种强烈的慨叹，走到一条街巷的小学校门口，朋友告诉我，这是王宝成的母校。我的心又一次怦然而动。我竟然产生了幼稚的童趣，企图寻找少年王宝成的足迹和读书写字的课桌，然而这个小学校已经搬挪一空了。这所小学的前身是清代的一个"考院"，整个渭北的秀才们考取文举人的一个考场，规模庞大气宇不凡，似乎仍然可以感受满室秀才笔试的肃穆和严峻。新中国成立后改为"槐树院小学"的这个浸淫着秀才们墨香和泪斑的屋院，却成就了一位优秀的作家。

我无法想象少年王宝成的举止和情态，眼前清晰地映现着一张黝黑的方脸、浓发浓眉，沉静到使人容易错觉为呆滞的眼睛，悠悠地说话，诚挚到略显羞涩的笑。我甚至瞎想，如若王宝成处在王鼎的那种历史境遇下，同样会把自己的七尺之躯挂上那一条白练的。

大约十年前的一个夏天，正值我的家乡灞河川道白鹿原地区后的夏收时节，我和王宝成坐在灞河岸边的河堤上，看农民在收割麦子，河岸两边的绿树和青草散发的清香和麦田里的香气混合着弥漫在空气中。夕阳灿灿。我们坐在沙堤上，同样是随心所欲地闲聊着。他正在写作一部电视连续剧，躲在距我家不足五里的一个驻军的招待所里，便有了这次相约相聚。

十年后的今夜，我和宝成坐在这家城郊的宾馆里，主要听他说话。这个人曾经把每天定量的馍馍换了一本书，整整两天没有馍吃而饿昏在回家的庄稼地边。不是战争，不是灾害，仅仅只是贫穷。在贫穷和困境里因为渴望知识而能产生这样的承受力的少年，恐怕什么挫折和灾难也难摧折其高远的心态，也难扭曲其刚直的脊骨的。少年时代一旦具备这样的生理到心理的承受苦难的毅力，足以影响一个人的一生。55岁的王宝成现在以一个智者的沉稳和透亮的口吻对我慨叹："骨髓里的东西是难以改变的。"

五

许多年以来，王宝成生活在古城南郊的大雁塔一侧，不声不吭，文人聚会和新闻传媒上很少能见到他的行踪，只有新的作品在杂志或屏幕上出现的时候，他才出现在读者和观众的视野里和言谈中，之外便什么举动都没有了。

这个人从来没有炒作，他炒没有，自炒更没有。他不事张扬，更不会自我膨胀。他面对的始终是书桌，始终恪守着一个作家的真实的为文和为人之道。出于对创作这种劳动的本质性理解,作家是以自己的作品和读者完成交流的,非文学的手段对于作家和作品不可能产生稍为长久的补益。面对屡屡潮起的浮尘式的文坛现象,他至多一句叹惋或轻淡的一笑,该做什么还继续做什么去了。

电视剧《喜鹊泪》不仅使乡村青年男女激起强烈共鸣,同样使城市里更趋现代意识的年轻人感受到心灵和情感深处的某些胎记的东西。《庄稼汉》和《神禾原》的成功,让我更清晰地看到宝成的笔尖所指愈来愈集中愈来愈专注于关中地域性的人的心理结构和文化蕴含,以透视和解析这个民族精神更新的艰难和痛楚。他的小说从中、短篇写到长篇三卷,排列起来是一个令人惊异的雄壮的阵势,当是多年默默地耕耘所得的不倦的收获,这种收获才足以使一个创造者产生充实和自信的良好的心理情绪,也足以面对纷繁的社会和同样纷繁的文坛轻淡一笑。

如果要我进行选拔,这将是十分困难也十分令人为难的事。王宝成的作品几乎没有同类题材和同类意旨的并列性表述文本,每一篇或每一部都是意向迥异的开掘和探求,比较和选择在同一类型间可以进行,而不同类型的选择和比较往往造成选择者的兴趣和所好的暴露。我只能从阅读的直接感受来说这些作品,中篇系列里的《父亲·母亲》当是一颗咀嚼不尽的柠檬,那含混着甘甜酸渍苦涩的汁味,留下的是人生的复杂而又绵长的记忆。我曾经和朋友们不止一次闲聊过这种阅读感受，多有同感，且以为在 80 年代的当代中篇小说里应该是一个重要收获，被评奖机构尤其是被评论界的忽视当是一个遗憾。评论家李星的一句很概括的表述令我欣慰：《父亲·母亲》可与艾特玛托夫的《一日长于百年》比美。可见好酒还是不怨巷子深的。而《故乡麦月天》留给我最初和最终的印象，依然是诗性的，是一篇深沉得令人不敢轻率翻揭书页的中国乡村的土地诗篇。由此我曾联想到联结胎儿和母亲的那根脐带。脐带的绝对温馨的意义和斩断它的毫不含糊同样是绝对的意义，以及因此而引发的必然的痛苦。王宝成不仅是面对，更多的是亲历这根脐带被剪断的痛苦时，发出的声音是那么撼人心灵的真实；美好的传统和不容置疑的剪断所引发的复杂的心理剥离的痛苦，是他独特的从生活体验进入到生命体验的成功展示。当同期同类乡村题材还多停留在农村政策变化的生活浅层故事的编排和演绎上，王宝成却早已透过那个顽固的图解政治注释政策的写作怪圈，进入原本意义上的文学创作的层面了。

六

真正体现王宝成艺术个性和创作才华的还应该是他的长篇小说《梦幻与现实》三部曲。我看第一部《爱情与饥荒》的第一眼时，在振奋的同时也潜伏着某些羡慕甚或妒忌的东西。我那时正在长篇《白鹿原》书的写作中，初试长篇小说的慌恐和对前景的种种担忧，有一种持续数载的无法挥斥的空虚。见到宝成刚出版的长篇，自然期盼自己案头的那一摞墨痕新鲜的稿纸也能变为这么厚厚的一本，该当是怎样令人舒展欢悦的时刻。王宝成不声不响，《爱情与饥荒》写作顺畅出版顺利，真是令人羡慕以至妒意潜生了。

从1987年新年伊始动笔，历经整整12年，宝成完成了百万余言的长篇三部曲，才是真正令人羡慕以至妒忌以至钦敬的事了。

对于同代作家，尤其是面对可以称为朋友的同代作家，对他们杰出的创造成果产生羡慕心理是正常不过的事，产生钦敬的心理应该是高尚情怀了，然而混淆其中的妒忌心理是否正常呢？我以为就我的亲历几乎是不可避免的。记得在80年代初路遥的《人生》发表时，我的阅读直感就是这样，似乎猛地发现同场长跑的路遥已经超出自己一圈了，由此而产生的羡慕、钦佩之情里，很难排除某些不太光彩的又绝难出口的妒忌。阅读《爱情与饥荒》时，也产生过这种情绪，即妒忌。这个黑黑脸膛又不吭不响的王宝成，这个长篇写得多好哇，深刻的独特的体验和沉稳扎实的叙述功夫，把一个几乎与作家难分难剔的蒲冬林推到我的面前时，我才切实地感觉到《父亲·母亲》的写作仅是艺术锋芒的初露，其璀璨的光芒只有到《爱情与饥荒》这部长篇中才展现出来。羡慕、钦敬以至令人闻之嗤鼻的妒忌就都产生了。

我不敢猜测别人，只是老实承认自己曾经发生过这种情况。然而我却以为这个令人嗤鼻的妒忌还有不可替代的积极效果，那就是重新审视自己，从虚妄和盲目中清醒过来；尽快地把盯着赞美性文字的眼睛移开，把翘起的尾巴收住甚至斫掉；把心理调整到沉静，以冷静到冷酷的心肠强迫自己重新审视以往的一切；调整步履也调整笔锋，在找到新的艺术目标的同时，也对自己的起点有一个科学的准确的定位。这情景同样类似于赛跑，眼见比自己跑得快的同类伸脚使绊子，是妒忌这种作为人类不健康心态最易发生的举动；然而，如果把妒忌转化为内省自审的契机去审视自己的腿和脚，就可能在下一届竞技中重新超出。何况文学创作不完全类同于体育竞技，而更应属于自己体验的展示。

我很难也不可能在这篇散记式的文章里论述百万言的三卷本长篇巨著。我只是要告诉宝成，我的羡慕、钦敬和妒忌又产生了。长跑线上总是对那些比自己跑得快的同类才会产生这种情绪，同代又同地的作家当然是那些优秀于自己的创作才会产生这种复杂心理。历时12年完成《梦幻与现实》三部曲，在王宝成是一件可慰终生的成功，终于把自己的文学之梦变成一组磅礴的群雕。蒲冬林等人物的生活之路和心灵历程，正可以当作半个世纪一个民族的心灵史来回嚼。

面对我的朋友王宝成和即将出版的《梦幻与现实》三部曲的最后一部《心境》，我在祝福的同时，又一次感到应当重新审视自己的"腿"和"脚"了。

土壤、讲坛和稿纸上的舞蹈

见到刘路之前,早已听说并记住了这个名字。那是1979年在《延河》编辑部听老董说的。老董整个就是一个职业文学编辑。任何时候见到他都是说文学作品,慢条斯理又津津有味,尤其是说到本省某位作者写了一篇富于突破性的作品,那种兴奋那个喜形于色乃至某种神秘感,令人恨不得立即把那篇作品找来捧读。他的神经系统的敏感区兴奋点就在发现新作者和新作品上头。他自己似乎并不意识,旁观者看来却已成习惯。我常常是从他那里获取新时期刚呈复兴之势的陕西文坛的最新动态和信息的。好多新冒出来的作者和他们不同凡响的出手之作，都是首先从老董那里得知的，刘路就是这样未见其人先闻其声的。

刘路当时还是陕西师范大学的一位在校就读的学生。第一篇小说《心是肉长的》送到《延河》杂志社，就在编辑部引起欢呼，就得到了时为副主编的董得理的文学神经敏感区的高频兴奋，而老董通常是被看成颇为老到颇多见识也颇为挑剔的老编辑，极少发生鱼目混珠的意外的。被老董推崇的稿子肯定会获得读者的阅读呼应的。于是我便记住了又一个新作者的名字：刘路；于是我便期待着刊载《心是肉长的》那一期《延河》的面世。后来这篇小说引起的广泛而又热烈的社会反响，就成为预料中事。王蒙曾说这篇小说是1979年短篇小说创作的重要收获，可见是入得高人的眼的。

后来就和刘路认识了。在什么时间和具体地点已经无记，大致可以肯定的是陕西文学界的某次聚会。我至今留下的最精彩最深刻记忆的一句话，是"我在农村打过胡基"。胡基是关中土话，即土坯，盖房砌墙盘火炕垒猪圈、茅厕都离不得此物。通常是用一个30余公斤的青石夯捶打装在木模里的黄土而成，一般定量是每个工日捶打500块。这在以手工和体力劳动为主的关中乡村算是最重的活路了。新中国成立前和新中国成立初期，操此业者大都是失掉土地又无其他生路可寻的穷人和笨拙的人，靠这种出卖力气和简单技能求得生存。到"三年困难"再到"文革"十年，普遍贫穷的乡村已经分不出穷人和富人了，仅仅是穷的程度的些微差异，打胡基（土坯）这种最费劲最笨拙的劳动倒是全面普及开来了。我那时虽已是乡镇干部，为省一两块钱，也是自己动手为换火炕为垒猪圈打过几回胡基。这样，我就获得了与刘路最切近的交流，一种共同从事过的劳动形式上的沟通，打胡基标志着一种生存形态。一当得知彼此都在打胡基这种生存形态上活着，似乎就不需要任何多余的话了。

《心是肉长的》一鸣惊人，中短篇小说随之喷涌而出，结集为一本书出版，刘路已成为新时期刚刚形成的陕西青年作家群一位被看好的青年作家，既有厚实而又直接的关中乡村生活体验，又接受了高等院校文学专业的修养，自身又潜存着敏感文字也敏感生活的艺术性天资，具备着文学创作的最完备的基础。而且出手不凡，起点很高，连续的创作也都保持在相当稳定的艺术水准之上。然而时过几年，却很少见到刘路的小说了，几乎是戛然而止，令我不得其解，多所遗憾，渐渐得知，刘路转到做学问的另一条路上去了。现在，他的又一本学术专著书稿放在我的案头，阅读中，我原先颇为遗憾的心理渐得平释，陕西作家群少了一位作家，却成就了一位卓有建树的学者，同样是令我鼓舞钦敬的。

刘路是一位颇受学生拥戴的教师，后来又成为陕西师范大学新闻传播学院院长，自然可以猜想工作的繁杂和担子的负荷，面对这样一摞书稿我就忍不住感慨。不单是数量之大，不单是涉猎面之广，更重要的是品格质地，不仅令我感慨，令我惊讶，更令我长了见识，顿生钦佩敬重。

刘路的艺术眼光，一刻也没有离开不断嬗变的新时期以来的中国文坛。一个时期几部代表性的作品，都在他的艺术视镜里得到品评，无论艺术上标示着什么主义的作品出现，都可以看到刘路解析的文字。他的独到见解，出自纯文学的审视，首先令我感到一种纯粹的文学立场上说话的可靠性。在当代文坛说话，可靠性已经成为第一要素（本来不应发生的事），要排除人情之网，要排除商事诱惑，要排除花样翻新名目迭出的炒作，甚至要冒得罪人招惹气恨的风险。刘路清醒如镜，仍然坚持着一个纯粹的文学立场，难能不易，突显出一种文学精神一种学者风骨，弥足珍贵。

刘路的纯粹文学立场上的说话，来自真知灼见。浅见薄识自然难免人云亦云，朝"令"夕改，随风扬尘。刘路对现实主义作家的客观冷静的评说，出自扎实而又开阔的理论功底，把陕西赵熙和畅销不衰的作家池莉等人的作品，都放在开阔的艺术视野里评析，令人信服。绝处充分说其绝，好处充分说其好，不是处冷静说其不美，只据文本说话，不看市场行情不看旁人脸色。除了纯粹的文学立场，除了作为一个学者的道德良心，关键还在于真有所知独有所得的独立的艺术见解，才能发出独到而又新鲜的一家之言。

在《小说可能性的新探索》里，刘路对行者小说的评论，标志着他的思维跟踪着当代文学创作最前沿的小说文本，透现出当代文学理论研究最新鲜的声音。对行者小说的总体把握和细部解析，显示出刘路艺术视野的宏阔、思维的敏锐、阐释的精微，以及宽厚的包容。对于深居学院而且也已过了50岁的人来说，真是令我深为感动颇得启迪的事。在我看来，对一种新的文章的敏锐性，应该是艺术家生命里最可珍贵的东西，来自于新的知识构建所产生的新的观念，无论对于文学评论家，无论对于继续创作着的作家，都是致命的东西。敏锐性的缺失，难免陷入思维的麻木和停滞，陷入陈词滥调的絮絮叨叨。正是在这一点上，我感奋于刘路敏锐的思维所弥漫的活力，正呈现着一个思想者的生命形态。这种趋前的思维活力，同样显示在对卡尔维诺小说的理论阐释之中。卡尔维诺是20世纪里被称为头脑里充满传奇的一个异类作家，其作品亦被称为"小说中的小说"，充满着离奇、童话、荒诞的色彩。刘路以其非凡的透视力，剖析出来隐蔽在荒诞离奇迷彩之中的哲理，深刻到令人惊悚的思想内涵，其阐释的明快和精到，比那些云里雾里翻弄新词儿的饶舌的文章就显出了思想的功力和艺术的眼力。

面对新时期以来的文学创作，尤其是面对创作的文学批评，刘路持一种冷峻的犀利，这面孔这姿态这笔锋，使我感知到一种思想的力度的同时，更感到一种思想的勇气。思想的力度是一回事，充分展示这种思想力度却需要勇气，这既决定于一个学人的道德和良心，也决定于对文学创作和文学批评这个事业的忠诚程度。《新时期以来文学批评的反思与重建》一文，涉及新时期以来几乎所有形成影响的小说文章，尤其涉及面对这些小说的文学批评的文章，我才充分感受到刘路的冷峻、犀利。这篇文章的观点恕我不再重复。我以为可以当作新时期以来短短20余年小说创作和文学批评的简史来谈。刘路面对不断嬗变的小说创作文章直言不讳，即使是很叫响的作品，仍然发出自己的见解，尤其面对同时期的文学批评，更显出理论的深厚和纯文学立场的姿态。刘路都在为完成一个神圣的使命而顽强地坚守着，即：让小说创作尽快回归文学本身的规律上来，不断排除种种非文学的因素对于小说创作的影响和误导。在这里，我看到刘路毫不迁就毫不附随的锋芒。

生活中的刘路却是善与人处和与人为善的老师、朋友，既不咄咄逼人，却也不随俗纵恶。生活场合里一种谦恭的低调儿，正是思想者的自信。这本以理论为主的集子，收录了为数不多的几篇散文记事，读来让我心动，也可以映照出刘路心灵世界动人的一个侧面。他对柳青为文为人的崇敬，对他在文学创作道路上的良师董得理的诚挚的感念，尤其是对一位同事韩爱敏的崇高品格的感怀，可以感知刘路在生活里崇尚、追求着内在人格的完善，自然也能感到他排斥拒绝着什么。我便确信，正是在这样雄厚强大的心理和人格的基础上，成就着他的文学批评思维的独立性，成就着他在当代文坛作为文学批评家的卓尔不群的姿态。

一个被非正常的生活逼到土壕里打胡基谋生的农村青年，在生活刚刚恢复正常的运行轨道的时候，便一步从土壕跷进高等学府，丢下了石夯而握住了钢笔，在大学的讲台，

-157

在稿纸上赢得了新的生命价值。我在感动刘路的智慧和品格的同时,也感动一个人和客观环境的决定性关系,健康健全的社会生活,才是一切天之骄子展现才华服务社会完成自己创造活动的基本条件。刘路是有幸的。刘路展示生命价值追求生命意义的诸多动力中,土壕里的体验当为不可或缺的一种。这一种非彼一种,可能更具某种心理力度。我便为刘路庆幸和骄傲,长安乡村土壕走失了一位打土坯的农人,却在当代文坛站立起一位卓有建树的作家和文学批评家。

秦岭南边的世界

关于一座房子的记忆

每过秦岭,自然首先想到岭南的王蓬。

文学的王蓬。

认识王蓬的 20 余年里,去过几次秦岭南边的汉中,每次都见王蓬,印象最深的还是第一次。大约是 1980 年冬天,西安市文联约了几位新时期刚刚露头显脸儿的青年作家,到汉中去做文学创作交流。记得刚到汉中的当天下午,大家便相约着去看王蓬。王蓬对我来说早已不陌生,省作协此前几年里组织文学活动,我们早已相识多次相聚,他是秦岭南边陕西辖地内冒出的最惹眼的一位文学新秀,其发轫之作《油菜花开的夜晚》《银秀嫂》刚刚俏出文苑。然而,在刚刚形成的陕西青年作家群这个颇具影响的群体里,社会属性纯粹属于农民的只有王蓬一个,还是靠着在生产队挣工分也从打谷场上分得稻谷过日子的。其他人无论家境怎样窘迫经济如何拮据不堪,却总有一个可以领月薪又可以吃商品粮的公家人身份,大多散居在各地县的文化馆里搞半专业文学创作。我想大家之所以马不停蹄急于要看王蓬,有这样一个共同的心理因素,谁都明白中国农村意味着什么,谁都不同程度地明白一个写着小说的农民意味着什么,谁也许一时都不甚明白,一个社会属性纯粹是农民的王蓬,其作品的整体风貌却丝毫不沾我们习惯印象里"农民作家"作品特定的那种东西,关于生活思考关于人生体验关于艺术形态,都呈现出 20 世纪 70 年代末到 80 年代初,中国作家在这些领域里所能达到的最前沿的探索,这又意味着什么?

在一个号称汉中第一大村的张寨,我走到王蓬的门前,稻草苫顶土打屋墙的两三间茅庵,一目了然。王蓬的父母热情谦和,独不见一般农民在这种场景里的紧张乃至自卑,我当时以为是争气的儿子使他们获得自信,多年以后才知道他们原本不是靠扒拉粪土柴火过日子的农民,而是一对落难改造的知识分子。王蓬的外形反而比他们更像农民,壮实而干练,刚刚杀完一头肥猪,两扇诱人的皮白瓤红的猪肉还挂在横架上,一颗刮剔得干干净净的猪头搁在一边。王蓬就在屠宰架下和大家握手,仍然依赖肉票购肉的这几位西安来的作家,围着吊在架上的两扇猪肉艳羡不已,竟然操心这么多肉吃不完变坏了的事。我更感兴趣的是那一颗亮晶晶的猪头,问王蓬怎么会把布满沟槽凹坑的猪脸拾掇得如此干净。我虽干部身份，可家人也都是靠工分吃饭的农民，不足40元的月薪比纯粹的农民家庭也强不了多少，每年过年都买一颗既便宜又实惠的猪头，脖子口残留的带膘的肥肉剔下来炒菜包包子，其余皆一锅煮熬晾成肉冻，下酒再好不过。只是每回洗涮处理猪头太费劲了，藏在猪脸那些沟凹缝隙里的猪毛，常常整得我用镊子拔，用火棍烫，烦不胜烦。王蓬便告诉我一个诀窍，用松香熬水一泼，冷却后敲打掉松香，猪毛就拔掉了，柏油也可以代替松香。那时已临近春节，我获得这个窍道就付诸实践，果然。那时候，我和他站在他家场院的屠宰现场，集中交流的是关于如何弄干净猪头的民生问题。

我又特意留心这幢屋子的墙。墙是土打的，用木板或椽子夹绑起来，中间填土，用碗口大的铁夯夯实，一层一层叠加上去，便是一堵屋墙。关中农民用土坯垒墙，也用这种夯打的墙盖房造屋，并不奇怪。令我奇异的是那土墙的厚度，底部足有一米厚，真是我见所未见的厚墙，除了结实之外，便是隔热，比砖头水泥墙实用多了。也是多年之后我才知道，这是王蓬跟随被视为政治异己的父母从城市里被剔除出来，流落陕南农村10年之后才搭建起来的属于自己的房子。此前10年由生产队安排，曾5次搬家，最后4年是在远离村庄的一座古庙里搭铺盘灶谋生的。这些超厚的土打屋墙是尚未脱尽少年黄喙的王蓬和善良的乡民们一夯一夯捶打起来的。王蓬说，他那时候早已熟练陕南农村所有粗杂活路的技能，体魄颇强健，甚至比少小读书后来做邮政公务的父亲更具适应性。

　　以房屋为主体的这个小院，有猪栏，有鸡舍，有柴火垛子，还有一块用三合土搪制的小平场，晾晒谷物。这纯粹是一个陕南农村的家院，与左邻右舍的农家小院大同小异，唯一的也许是警世骇俗的差异，是这幢新搭建的稻草苫顶泥土筑墙的茅舍里，辟出来了一方小小的书房。至今我依然记忆犹新，一张床，一个书桌，四面墙壁用报纸糊蒙着，整个书屋就浮漫着纸墨的气息。（我当时曾经很羡慕这个书房，因为直到此后6年我才给自己造成一个书房。）这个书房外边是一家连一家的农户的围墙和高低错落的屋脊。小院里刚刚宰杀过一头自养的准备过年的肥猪，是王蓬操刀还是请屠夫操刀我已无记。书房里摆着世界名著和中国名著。托尔斯泰和鲁迅以巨大的兴趣和不无惊诧的眼神，看着这个崇拜他们、屡屡在他们博大的爱心里颤抖流泪的中国张寨村的青年，瞬间竟会身手矫健地把一头大猪压倒在屠宰台上。

　　我走出王蓬的屋院再走出张寨村子，走进汉中坝子冬眠着的稻地和油菜田畦。秦岭南边越冬的油菜竟然是一派蓬蓬勃勃的嫩绿，看不到我的家乡渭河平原这个时节冬日肃杀的萧瑟。我沿着绣满杂草的田埂往前走着，对着我脸的是暮霭迷蒙的秦岭群峰，隐隐现出汉水流域植被的绿色。晚炊的柴烟从村子里弥漫到田野上。我回过身眺望烟树笼罩下的张寨村，竟然很感动，就在这个村子的一个农家屋院里，一个青年作家已俏出文坛。22年后的2002年初秋，我又一次来到汉中，进入这个小院，作为农家生存的猪栏鸡舍柴垛已荡然无痕，小院里蓬勃着几株名贵的花树和草花。屋顶的稻草已换成机瓦。屋内也经过了一番改造，清爽而舒适。那近乎一米厚的土墙仍然保存着，粉刷光洁自然无需用报纸遮掩丑陋了。那个小小的书房还在，已经装备了书架、书案、台灯和软椅，更像一个书房了。我坐在小院里喝茶，又生一份感动，一位重要的当代作家王蓬，就是从这个依然很不起眼的乡村小院走上中国文坛的。关于作家创作这道颇为神秘的帷帐从心头扯开，顿然醒悟，天才诞生在任何角落都是合理的。

关于《山祭》《水葬》的解读

从 20 年前读《银秀嫂》到最近系统阅读长篇小说《山祭》《水葬》以及大量的纪实文学和散文随笔，我才意识到对王蓬达到一种较为透彻的理解。我曾经在面对自己崇拜的柳青时说过，真正崇拜和理解一个作家，最好的途径是阅读他的作品。

王蓬大量的小说创作，无论短篇中篇，尤其是珠联璧合成姊妹篇形态的长篇小说《山祭》和《水葬》，给我强烈的又是贯穿如一的感受，是作为一个现实主义作家面对生活的严峻的审视目光和深刻的穿透纷杂现实的思想力量。20 世纪 80 年代中期的文坛背景里，鲜活的思想、活跃的思维、层出不穷的艺术形式，令人难忘。给人很大启示的寻根文学的思路很快由雄壮到细微，最后追寻到深山老林破庙古刹或原生态蛮荒人群那里便迷失了消弭了；还有远离政治躲避现实的理论阐释，显然是对昨天政治谎言的拒绝，颇具影响力。我在王蓬的阅读中发现，王蓬20年里以小说和报告文学为主体的创作，一刻也没有从现实生活层面上游移，没有从他熟悉的人群的生命历程和心灵历程中游移，甚至连丝毫的犹豫也没有。从新中国成立到改革开放的秦巴山地的生活演进和历史演变，呈现一种全景式的展示，对山地社会结构人际关系和人的心理层面的解析，显示出现实主义作家王蓬的勇气和尤为令人钦佩的思想穿透力。我想，某些回避生活现实回避政治的现象，除了创作探索中的不自觉因素，除开因为谎言政治产生的逆反心理，恐怕更重要的一点在于作家思想的肤浅，肤浅思想所带来的心理软弱和苍白，透视不到生活深层的奥秘，便只好围着一根陈旧的鸡毛臆猜文化。在王蓬笔下，新中国成立前和新中国成立后，土地改革和农业合作化、公社化，"镇反"和"反右"，农村"四清运动"和十年浩劫的"文革"，直到改革开放的时下，这些在中国乡村和城市发生过的影响到所有人生活的重大事件，无一遗漏地进入王蓬严峻的视镜，纳入秦岭或巴山某个村寨，淋漓尽致地演绎出来，正可当作生活的教科书和历史备忘录，留给这个民族的子孙，以为鉴戒和警示。

《山祭》《水葬》等小说的认识价值和不朽的意义，就在于此。王蓬恰是在这里显示出独禀的气性，思想者的勇气和思想的力量，以及由此而蕴蓄在作品里的凛然之气。审视和展示这些生活，对作家是一个严峻的挑战。直接亲历过这些生活历程的作家或间接了知这些生活过程的作家，任谁讲述几段生动而又荒诞的故事都不算难事，然而要避免简单化的图解和演绎，要避免浮泛的苦难展览而进入深部，却不是随意能够做到的。王蓬以《山祭》《水葬》为代表的大量的小说创作，有一个无处不在的幽灵徘徊在大小篇幅的文字之中，就是人道和人性。我在意识到这一点时有一种破解后的欣然之情。

我从80年代初读王蓬作品就有某种一时说不大准的特异气象，一种区别于同期同类题材小说的独禀的气质。显然不是来自作家对秦巴山地独特的生活习俗的生动描绘，不是对一方地域生活语言的成功改造和书写，甚至不完全是对生活的直接体验，因为这些东西许多作家都拥有着。我在这次通读王蓬作品的过程中豁然明朗，王蓬有一个人道人性的思想视镜，有一个博大深沉而又温柔敏感的人道人性的情怀。回溯新时期当代文学复兴的历程，王蓬当为具备这种思想视镜和精神情怀的最趋前的作家之一。

这样就不难理解，同样直面揭示那些已经过去了的"运动"给乡村和城市所造成的普遍性灾难时，王蓬何以会跳脱同期同类题材常常陷入的对某些口号或政策的谬误的简单鉴证的局限；在人道人性视镜下的思考，穿过极左运动造成的荒诞生活现象的表层，进入关于人的合理生存的深部层面。

合理生存是人类追求奋斗的共同目标，也是各个民族堪为经典之作的文学作品一个永恒的常写常新的主题，自然包括政治的、自然的、宗教的、经济的诸多方面，不同制度下的各个种族，唯其在此一点上是共通的。这样，王蓬笔下人物的心理轨迹就烙印着沟通各个民族的普遍性意义。《山祭》里"我"的灵魂扭曲和异化的过程，由浅入深，从被动到主动，从一个心理层面解剖到另一个层面，丝丝入扣，合情合理。"我"的灵魂堕落过程中的痛苦，恰恰来自堕落中的清醒。清醒的堕落便揭示出人性里的复杂性。清醒的堕落，让我看到极左的东西不单是造成普遍性的贫穷或人身伤害，关键是对一个民族精神自信的摧毁。清醒的堕落之后，又是清醒的忏悔；清醒的忏悔之后，又一次发生清醒的更深的堕落，痛苦就成为愈陷愈深的深渊，无论如何也树立不起作为一个人的自信来。我在同类题材中见到过不少堕落者形象，通常都是以堕落换取某种境遇下的快乐的，或者说为了改变生存境况实现快意生存的目的而向邪恶投怀送抱甘愿堕落，这是人性里一种极其普遍的弱点，也是古今中外许多真实发生的和艺术家塑造的堕落者形象共有的心理依据。王蓬创造的"我"这个堕落者形象，恰恰没有享受多少以良知为代价换取的快乐，却是丧失良知陷入的黑雾似的痛苦，把一个人性渐次泯灭渐次沉沦的人刻画得动人心魄，成为堕落者人物序列里一个颇具现代中国特色的典型面孔。"我"不仅揭示了我们民族精神历程中那个丑陋的扭曲形态，重要的是作为一个生动的警示，让现在和未来的人们在面对可能发生堕落的境遇时，把人性和人道既作为生存的旗帜也作为生存底线坚守，似乎比任何道德的规范更为可靠。

拯救"我"（宋老师）灵魂堕落的恰恰是人道和人性。从肌肤到心灵都美到令人悸颤的冬花，与外形丑陋不堪的庞聋得入住的茅草洞房，其实是作家王蓬构建的一座人性的真善美的祭坛。庞聋得总使我联想到《巴黎圣母院》里的卡西莫多，然而他不是敲钟人而是秦巴山地里一个种田狩猎的山民；冬花也使我联想到那个吉卜赛女郎，然而冬花仍然是冬花自己。这两对时空距离太过遥远的不同种族的人物形象，只在人性的意蕴上完全融通。何妨把冬花和庞聋得的茅草洞房当作巴黎圣母院来读。"我"的灵魂的救赎，自然可以列出几重因素，而主导性力量正是发自茅草洞房这座人性的祭坛。

王蓬在这里蓄意浓墨泼洒，又兼以细部工笔精雕，把一个堕落者在人性祭坛前的复杂心序揭示得淋漓尽致，读来令人惊心动魄。在谎言制造的荒诞现实胁迫人们倒向邪恶之途的时候，真理被混淆了，道德被颠覆了，唯有人性成为一个民族不死的精神之光，恰恰存储在山民冬花和庞聋得的茅草屋子里。

以同样的角度解读长篇小说《水葬》，或者说在阅读《水葬》时，我愈加清晰地体味到王蓬关于人道和人性更为深沉的思考。

《山祭》以"我"这个进入一个闭塞山地的小知识分子的视角，比较集中也比较透彻地完成了一次艺术展示。《水葬》在艺术上选取的是开放的多重视角，展开的是一幅全景式的社会图像：从时间跨度上看，着笔在20世纪50年代初，实际延伸和展开到30年代更为纵深的历史；从将军驿这个小社会里的人物构成上看，有李宗仁秘书和社会最底层的屠夫，商界小老板政界芝麻官军界游走于两大壕垒的士兵，富户深宅大院的主人和仆佣，革命者和革命的追随者，组成一幅由各种社会角色交织的完整的社会图景。这些人物从30年代走到80年代初的半个多世纪的生命历程中，人物与人物之间的组合与反叛，上升与跌落，畅泳与溺水，跃上前台与消隐幕后，小小社会里各种角色令人眼花缭乱的分化与重组，使人常常发出一种历史的慨叹。我发觉，面对一件具体的历史事件或一个人物的一次生活遭遇时，是一种感受，而面对一群人物50年的生活经历和他们构成的这一段较长的历史流程时，又会是截然不同的另一种感觉。这种感觉很自然地会使人发出关于人的合理生存的思考。各个民族和国家在争取人的合理生存这个基本的又是永恒的理想的历程中，经历过各种形式的斗争，自然的科学的哲学的人文的个人的集团的，包括极端的手段革命和战争。而人合理生存的最基本的东西，就是人道和人性。《水葬》里最虔诚的革命者陈放，最美的精灵似的翠翠，以及不断变幻脸谱色彩的麻二、任义成、蓝明堂、何一鸣等人物，他们的追求、挣扎、坚守、投机、挫折、伤害，扭曲别人也扭曲自己的异变，使我很容易排开纷繁的社会时象，进入人道和人性这个底线上，发出沉吟。

《山祭》里的"我"以男性的视角审视和感知世界，隐喻山的意象。《水葬》以全开放的视角，却聚焦在翠翠这位女性身上，隐喻着水的意象。翠翠无疑是天地山水间孕育的一位女神，属于底层民间。她的美她的善她的真诚，辐射到富家公子何一鸣、流浪汉任义成、不称心的丈夫麻二，以及心怀叵测的蓝明堂。翠翠实际上已经成为将军驿这个小社会里人际关系网中的关键。翠翠也是一座人道和人性的祭坛。在这座祭坛前忏悔的不是一个男人，而是将军驿这个小社会舞台上的几乎所有重要角色。任义成在通常情况下对义的坚守和在关键的利害掂量中的人性沉沦，何一鸣和翠翠情窦初开时的纯美直到彻底落魄时得到的金子般的爱的抚慰，翠翠在麻二身上发生的由淡到浓的情感渐变，蓝明堂作为一个终生都在算计财产算计政治风向也算计婚姻性爱的阴谋家，在翠翠祭坛前的失算才是最具摧毁意义的。在翠翠的祭坛前，展示着一幕又一幕扭曲人性的几近惨烈的荒诞戏剧，这些在极左政令下一阵儿发起高烧一阵儿跌入冰窖魔鬼般舞蹈的男人们，为争相攀爬便互相践踏，结果却一个个落得伤痕累累，为丑化别人却丑化了自己，为把别人描绘成魔鬼结果自己却成了魔鬼，为揭掉别人的画皮却把画皮包裹在自己脸上。在陈放背叛李宗仁秘书的父亲走向革命迎接解放主笔报纸的辉煌生命中，却有一个"右"派帽子在等待着他，成为革命的异己被流放偏僻一隅，陷入远远超过轰轰烈烈时段的漫长的受虐期，给他致命一击的恰是由他领入革命队列的何一鸣，其精神心理的伤害就如伤口上的那把盐。何一鸣追随陈放追随革命也完成了一个令人感动的背叛富户家庭的人生壮举，伤害陈放并没有得到挽救自己的效果，由领导秘书到林业局干事到伙食管理员再到被剔除出干部队伍成为一个农民，最后连将军驿这个农民世界也不能容忍，撵出村庄住进山野的孤庙。任义成的人生轨迹带有很大的传奇性，甚至有义士之风，在翠翠真挚的情爱之中坚守着义，最后的也是唯一的一次交融让人感到真实的爱的真正的完美，然而对麻二的揭发一下子使人看到"极左"怎样把人性里最邪恶的东西发酵膨胀，道德和情感的操守脆弱到空无。麻二和蓝明堂从个性上是呈两极状态，麻二走过了一条向善的更多带有自然色彩的人生之路，蓝明堂却靠着奸诈和投机心理，在"极左"掀起的邪火中一次又一次偷出栗来。在这些男人们各个不同的人生轨迹中，我很轻易地除去种种社会的政治的经济的家庭的浮尘，看到他们在翠翠这座祭坛前的精神裸体。

我不想做各个人物形象的具体解密，韩梅村教授在《王蓬的艺术世界》专著中有十分精到的论述。我尤其在这两部长篇中看到王蓬关于人道和人性的精神，由此而涉及关于人的合理生存形态的思考。《山祭》和《水葬》所指涉的时代和生活，好多作品也都写过，甚至现在还有人在写着。作家自由选取自己感兴趣的某一时段的时代生活，包括上至黄帝历代王朝及至当下，关键在于谁写出了独自的独特的又是深部的体验。从这个意义上说，《山祭》和《水葬》是写那个时代生活最杰出的长篇小说之一。作品所指涉的时代生活已经成为历史，作品本身也面世十余年了（前者1987年，后者1991年出版）。我在2003年春节前后连续阅读时，单就艺术风貌而言，仍然是一种全新的鲜活的感觉，尤其是在扑朔迷离变幻无定的世态时风中捕捉到人道和人性的幽灵时，我竟然有一种深深的感动和伴之而来的钦佩。我确知这两部小说写作时段里文学领域思想解放艺术探索的进程和情状，王蓬当是最前驱的思想者和最具勇气的探索者之一，由感动而引发钦佩，属于自然发生。《山祭》和《水葬》之所以在十余年后的今天读来仍然令我震撼，也使我领会到人性和人道在作家的思维和作家的情怀里的关键性意义，作品的生命力或者说恒久性才成为可能。我也几乎同时意识到，关于《山祭》和《水葬》以及王蓬整个艺术创造的评价，似乎不大相称。文化市场往往存在这样一种盲区，时尚时风刮得许多人都疯跑猛追某道光圈而终于扑空时，却发现脚下有一块被忽略了的金子。我又一次感动之后发生感慨，在风行炒作的时下文坛，太持重修养太君子风范，就形成这种状况。显然不是作家的悲哀。

关于一个作家的理解

尽管年龄有几岁差异，因为生活进程的决定性因素，我和王蓬在新时期文艺复兴的陕西文坛相遇相识，似乎至今也没有明显的年龄障碍。当我为写这篇文章较为系统阅读其作品时，却分明感觉到某种熟识里的陌生，即王蓬艺术创造所达到的深部探索的陌生和作家精神人格世界的陌生。

我现在才意识到王蓬是一个对灾难和痛苦承受力极强的人。相识的20余年里，我约略知道他在幼年就随着有"历史问题"的父亲从西安落难到陕南农村，具体因由和遭遇的灾难全然不晓。王蓬确也没有稍微细致地提说这方面的事，偶尔牵扯到这个话题时，三句两句言简意赅掠了过去，甚至哈哈一笑再无下文。多年来我未深问是出于我的性情，别人不愿意说的事我绝不追问。直到我读了王蓬一年前发表在《延河》上的《祭父》文章，陷入难以抑制的苦涩却又无言的状态。王蓬从一个较为优裕的城市知识分子家庭落难到陕南农村，即使在最贫穷落后的农民世界里，也是被打入另册排除在外的"黑斑头"，经受了频频发生的所有极左运动带来的全部灾难。我首先悟觉的是，经历过如此巨大如此持久的灾难的人，到了他可以说话也有能力说话的时候而不说，不是暂时不说而是20余年都不予诉说，不是一般回避而是哈哈一笑简言掠过，这个王蓬对于痛苦的承受能力就是非凡的强大而又深刻的了。对于王蓬而言，其影响已经远远超出了作为一个人的品质层面的意义，重要的是作为一个作家关于社会关于人生的思考和体验的厚度，具有决定性的意义。正是从这一点上，我得以解读王蓬小说以及纪实作品里弥漫的人道和人性情怀。

人在沉重的灾难——社会的或自然的——连续折磨之下，大致有三种结局，不堪忍受时的屈从与沉沦，承受持久折磨之后的破碎和麻木，炼狱折磨过程中逐渐强大的心理承受力量和精神升华的清醒。王蓬无疑属于后者。

一个在颇为优裕的城市知识分子家庭生活的少年，一夜之间跌落到连气候也差异很大的陕南农村，学割草学砍柴学推磨，学习所有作为一个农民生存的一切技能，而且要承受作为一个"异己分子"的子女在心理上的无边无际的压迫，时间长达20余年，正当王蓬从少年到青年的人生关键时段。在连续的巨大的人祸和天灾的灾难中，在善与恶、美与丑、真与假的轮番演练过程里，王蓬被指定的特殊的社会角色和所处的特殊的社会位置，反而促成他保持一种观察和辨识过程中的清醒，从情感上也更自然地朝善的一方倾倒。蒙难中的父亲似乎更具人生导师的影响力量，他的知识他的人格修养和他的人生阅历所形成的灾难中的独特禀赋，正是王蓬辨识生活荒诞的一个参照和坐标。第三个因素当是王蓬的阅读，当"大跃进"跌入"三年困难"的深渊，当"四清"、"文革"闹到神鬼不宁的崩溃境地，饥饿的王蓬躺在秦岭脚下的草丛中阅读《六十年的变迁》《到格鲁曼去的道路》，直到完整地阅读一个堪称伟大的中国现代作家的全部著作《巴金文集》。这里暂且不论这种阅读对王蓬在艺术上的熏陶，更重要的是对于正处在从少年到青年成长期里的王蓬的思想视镜的开阔，对他辨识正在疯狂运动着的荒诞现实，对于他作为一个人存在于世的基础性的心理建设，无疑更具有意义。因为王蓬所阅读的上述这些优秀作品，无论其思想倾向或艺术流派有多大差异，而关于人道和人性的底蕴却是共有的。这种人道和人性的精神，在一个丧失了真理丧失了道德丧失了作为人的基本规范的荒谬生活现实里，就成为自我救赎的最可靠的心理依傍。这样，我似乎才可能揣测探寻何以在封闭而落后的陕南农村的孤庙里，会有一位充满人道和人性情怀的作家走进中国当代文坛。很长时间里，人们却随意赠给他一顶农民作家的桂冠。

这样我就能较为切实地理解王蓬小说作品中对于人性善和美的张扬，对于人性里的恶和丑的淋漓尽致的剥皮式的解剖。即使在他的纪实文学作品里，仍然可以感受到这种精神，那位曾经血战台儿庄的敢死队队长，在陕南某县文化馆任职的副馆长，仍然能精心辅导一位业余作者编写剧本；那位从农学院毕业便扎进秦巴深山，为陕西培育出一个名牌茶叶的老专家，即使在80年代排除了极左的生活中，却因为反对毁林开荒的一次会议发言而被某副县长投入监狱；一个回族作家富于传奇也富于个性的艺术创作历程；一个尼姑和她的信徒，等等。王蓬对于这些在事业上卓有建树的真正的民族脊梁的赞美是由衷的，对于社会正义的伸张是凛然的。这些真实人物的真实故事里，同样可以感知作家王蓬对于这些承受着民族灾难创造着民族辉煌的人的虔诚的崇拜，作家的人格和精神也交融在墨痕之中了。去年夏天，陕南突发洪水，佛坪一位乡党委书记牺牲在救助群众的山洪之中，王蓬随即追踪采访，写成万余字的报告文学，我在《陕西日报》读到这篇作品时，曾几次忍不住泪水涌流。王蓬对于生活里的善和美似乎有一种本能的敏感，一触即发的激情，一种虔诚的崇拜，这是作为一个人民作家最为可贵的基础，也是一个艺术家永不枯竭的智慧之源。

　　王蓬笔下的陕南，秦岭、巴山、汉江、盆地、坝子，以及连绵的浅山丘陵，变幻无穷气象万千的四时景致，相传既久的为适应生存而形成的奇特生产和生活方式，弥漫着神秘神奇色彩的一方世界，微弱的现代文明带来的缓慢进步和猛烈粗暴的极左政策所造成的摧毁性破坏，古老的农业文明所遭遇的惩罚或灾难，其逼真的过程令我心悸。然而，即使书写这样近乎惨烈的生活，我发现王蓬的笔触一涉及自然，一触摸家养的或野生的牲畜，便灵动有如神助，山民围猎时惊心动魄的场景令我气不敢出；写到劳动和生活习俗的场景，也是逼近眼前的生动和诗性的赞美。我既感动王蓬对各个生活领域的熟悉，更感动作家对人类基本劳动的膜拜和敬重。一个被动接受纯粹出于惩罚目的的苦役式劳动而入乡村的城市少年，当他成为一个能熟练操持乡村种种农活儿技能的农民，同时又成为一个可以向世界展示这一方地域的人们精神历程的作家的时候，我看到的不是对折磨式的劳动的诅咒、鄙薄或嘲弄，而是圣徒般由衷的虔诚和赞美。由是想到研究一个作家艺术道路的时候，更应看重这种似乎反常的心理和精神历程的探究，王蓬成为类似族群里迥然独立的一个。作家思想的深度和厚度，与作家的精神人格和情怀是怎样一种关系，这些因素在作家的艺术探索艺术创造里又发生着怎样的作用，王蓬无疑是一个值得研究的个例。

　　王蓬近十年间又潜心于汉中历史文化的研究，硕果累累，不下百万字的作品，奠定了作为学者化作家的基础，完成了一次升华式的蜕变。我去年秋天应邀赴汉中参加一次群众文化活动，得着机会在汉水边上踏访古迹，在汉王刘邦拜收韩信的拜将坛，在存留了2000余年的绝壁上的栈道遗迹上，在萧何追韩信的那条小溪边，在曹操千古绝笔的"衮雪"题字前，王蓬如数家珍，却不是解说员那样的用语，而是典籍中的确凿的记述文字，我便可以猜测王蓬翻检了多少史书资料，而且背熟成诵了，言语中流露着对汉中为代表的汉水文化的热衷和自豪。这也许是他至今坚守在汉中而且其乐无穷的原因吧，尽管他有多次机会重新返回他的故乡西安，却一次次地放弃了，连同他的父母，依然生活在那幢曾是稻草苫顶而今改换为瓦顶的土打墙壁的房子里。王蓬又是一位热心公众文化尤其是群众文学事业的作家，他的一半是自己的写作，另一半是属于纯粹为这个事业发展所做的建设性的又是具体到一座办公楼一张办公桌一张报销发票的琐屑事。经过不断的努力工作,他和汉中文艺界的朋友们获得了可告慰藉的工作环境,也创造出一方甚为和谐的艺术氛围。一位青年作家说,王蓬20年不懈工作的成绩,就是把这一帮人弄到一块快乐做事。对于一个文化团体来说,大家能快乐地作文、画画、写字(书法),又是多么可值得珍重而不易的事啊。

王蓬每有重要文章成竹于胸,便从汉中市区奔到乡下这幢由他在最困苦的日子里建造的屋子,显然不单是图一方清静,更有一种心理的依偎。王蓬的父亲谢世后,他把父亲埋葬在巍峨绵延的秦岭脚下。"考虑到父亲在秦岭脚下这片土地整整度过了40个春秋,已与这片土地融成一片,应该让他安睡在这里。"我知道其中的20多个春秋,是承载着莫须有罪名接受精神和生理的惩罚"融成一片"的,这需要怎样的豁达境界和精神的厚度?包括使用这个词汇的王蓬。在为父亲选址筑陵制碑的同时,王蓬也为自己"日后亦当归此"并预立碑石碑文:

他因在这片土地上生活而写作,他的代表作是父母亲的墓志铭。

写到这里,我忽然意识到,这篇已经偏长的序文,似乎仍然触摸不到王蓬"冰山"的主脉,所可慰藉的是重新吟诵这两句心灵之诗。

我读《山河岁月》

到汉中参加作家王蓬《山河岁月》研讨会,从一踏上火车直到进入会场,一直萦绕在心的居然是一种感慨。不完全是故地重游的原因。记得上次参加王蓬纪实文学作品研讨会,是在1990年,今年是2000年,整整十年了。十年在一个人尤其在一个怀着高远心志的作家的人生历程中,我可以掂到它的分量。这十年,对于年富力强正处于艺术创造旺盛期的王蓬来说,是太重要的一个年龄区段。他的整个创造活动和创造成果表明,在艺术和对生活的感知这两个至关重要的方面,王蓬已经走向成熟。

1990年,王蓬的《巴山茶痴》等五部影响广泛的纪实文学作品结集出版后,召开研讨会,我到汉中时正巧赶上了,不经意间已经过去了十年。十年里，王蓬不仅有《山河岁月》上、下两大部作品出世，此前还有《山祭》《水葬》两部长篇小说出版，单以一个劳动者的角度讲，干了多少活儿呀，取得这样丰厚的收获是令人羡慕也令人钦敬的。这种坚韧专注的倾全部心力进行的创造性劳动过程，不仅对王蓬，对同代作家的我更容易发生感慨，包括《山河岁月》书名中的"山河"和"岁月"这些词，似乎更容易触及追求事业者的那根人生沧桑的神经。"山河"隐蕴着某种历史，"岁月"更包含着某种沧桑，人的追求，人的创造，人的精神和人文情怀，人在现实中的奋斗，瞬即就会成为过去成为历史。

如果再往前追溯十年，即1980年，又是一个难忘的十年，我第一次翻过秦岭到了汉中，是随西安市文联办的一个"文学讲习班"来的，那天下午就赶到王蓬家中。那时候的王蓬还是一个地道的农民，家住距汉中不远的张寨。到他家时首先看到挂在架子上刚宰杀的猪肉，我惊讶王蓬把那颗硕大的猪头收拾得那么干净，因为猪脸上深深的皱褶里的毛是很难拔除剔净的。我后来想，在陕西文坛活跃着的40至60岁这个年龄档的作家中，真真正正从一个农民走进文坛的，王蓬可能是仅有的一个。其他作家仅仅只是工作在农村基层，乡村中、小学教师，县乡政府或文化馆干部，工厂或商业单位职工，注册着城镇户籍领取哪怕是低微的工薪，完全靠种地吃饭穿衣过生活的就是王蓬。这应该是一个人生奇迹。陕西有多少农民，汉中盆地和秦巴山区有多少农民，在改革开放

-179

20年里可能成就了一批大大小小的乡镇企业家，然而真正的作家却只走出来一个王蓬。

王蓬是从农民中走出来的作家，却完全不是"十七年"那时候所定义的那种"农民作家"。王蓬的发轫之作《油菜花开的夜晚》和《银秀嫂》，一出手就标示着新时期文学全新的艺术风貌，一出手就显示出很高的起点也获得很高的声誉。20年过去，正是王蓬，已经显示出学者型作家的征象和风范。多年以前，王蓬曾提出"作家学者化"的观点，我觉得有很合理的因素。新中国成立后成长起来的作家，历经"极左"的各式运动，文艺思想左得不能再左，读书也受到严格的限制，客观上造成了一代作家的知识结构的残缺不全，与20年代和30年代鲁迅、郭沫若那一代作家的知识积累和文化素养无法相比。知识结构的残缺和知识面的狭隘，对作家的艺术视野和创造思维的局限是不言而喻的。我在读王蓬的《山河岁月》时，首先品味到一种脱俗的文化品位，颇为惊异，王蓬已经脱胎换骨了。《山河岁月》集中考究的是汉中地域性的历史文化，需得具备以国学坐底的基本的学问和修养，王蓬付出了以健康为代价的扎实的文化和历史知识的自修。对于今天的王蓬来说，20岁左右做农民的人生体验，成为他成就文学事业的难以替及的础石。

2000年又将开始一个新的十年，王蓬刚过50岁，在未来的岁月里，我祝福王蓬呈现出更新的风貌。那时我们将再聚汉中，再说王蓬。

故事

留下遗憾,
也留下依恋和向往……

又见鹭鸶

那是春天的一个惯常的傍晚,我沿着水边的沙滩漫不经心地散步。旱草和水草都已经蓬勃起来,河川里满眼都是盎然生机,野艾苦蒿薄荷和鱼腥草的气味混合着弥漫在空气里,风轻柔而又湿润。在桌椅间窝蜷了一天的四肢和绷紧的神经,渐渐舒展开来松弛开来。

绕过一道河石垒堆的防洪坝,我突然瞅见了鹭鸶,两只!当下竟不敢再挪动一步,生怕冲撞了它惊飞了它,便蹑手蹑脚悄悄在沙地上坐下来,压抑着冲到唇边的惊叹。哦!鹭鸶又飞回来了!

在顺流而下大约30米处,河水从那儿朝南拐了个大弯儿,弯儿拐得不急不直随心所欲,便拐出一大片生动的绿洲,靠近水流的沙滩上水草尤其茂密。两只雪白的鹭鸶就在那个弯头上踯躅,在那一片生机盎然的绿草中悠然漫步;曲线优美到无与伦比的脖颈迅捷地探入水中,倏忽又在草丛里扬起头来;两只峭拔的长腿淹没在水里,举趾移步优然雅然;一会儿此前彼后,此左彼右,一会儿又此后彼前此右彼左;断定是一对儿没有雄尊雌卑或阴盛阳衰的纯粹感情维系的平等夫妻……

于是,小河的这一方便呈现出别开生面令人陶醉的风景,清澈透碧的河水哗哗吟唱着在河滩里蜿蜒,两个穿着艳丽的女子在对岸的水边倚石搓洗衣裳,三头紫红毛色的牛和一头乳毛嫩黄的牛犊在沙滩草地上吃草,三个放牛娃坐在草地上玩扑克,蓝天上只有一缕游丝似的白云凝而不动,落日正渲染出即将告别时的热烈和辉煌……这些时常见惯的景致,全都因为一双鹭鸶的出现而生动起来。

不见鹭鸶,少说也有20多年了。小时候在河里耍水在河边割草,鹭鸶就在头前或身后的浅水里,有时竟在草笼旁边停立;上学和放学涉过河水时,鹭鸶在头顶翩翩飞翔,我曾经妄想把一只鸽哨儿戴到它的尾毛上;大了时在稻田里插秧或是给稻畦里放水,鹭鸶又在稻田圪梁上悠然踱步,丝毫也不戒备我手中的铁锨……难以泯灭的永远鲜活的鹭鸶的倩影,现在就从心里扑飞出来,化成活泼的生灵在眼前的河湾里。

至今我也搞不清鹭鸶突然离去突然绝迹的因由,鸟类神秘的生活习性和生存选择难以揣摸。岂止鹭鸶这样的小河流域鸟类中的贵族,乡民们视作报喜的喜鹊也绝迹了,张着大翅膀盘旋在村庄上空窥伺母鸡的恶老鹰彻底销声匿迹了,连丑陋不堪猥琐笨拙的斑鸠也再不复现了,甚至连飞起来遮天蔽日的丧婆儿黑乌鸦都见不着一只,只有麻雀种族旺盛,村庄和田野处处都只能听到麻雀的叽叽喳喳。

到底发生了什么灾变，使鸟类王国土崩瓦解灭族灭种留下一片大地静悄悄？

单说鹭鸶。许是水流逐年衰枯稻田消失绿地锐减，这鸟儿瞧不上越来越僵硬的小河川道了？许是乡民滥施化肥农药污染了流水也污浊了空气，鹭鸶感到窒息而逃逸了？许是沿河两岸频频敲打的庆贺"指示"发表的锣鼓和震天撼地的炮铳，使这喜欢悠闲的贵族阶级心惊肉跳恐惧不安，抑或是不屑于这一方地域上人类的愚蠢可笑拂尾而去？许是那些隐蔽在树后的猎手暗施的冷枪，击中了鹭鸶夫妻双方中的雌的或雄的，剩下的一个鳏夫或寡妇悲怆遁逃？

又见鹭鸶！又见鹭鸶！

落日已尽红霞隐退暮霭渐合。两只鹭鸶悠然腾起，翩然闪动着洁白的翅膀逐渐升高，没有顺河而下也没见逆流而上，偏是掠过小河朝北岸树木葱茏的村庄飞去了。我顿然悟觉，鹭鸶原是在村庄里的大树上筑巢育雏的。我的小学校所在的村庄面临河岸的一片白杨林子里，枝枝杈杈间竟有二十多个鹭鸶搭筑的窝巢，乡民们无论男女无论老幼引为荣耀视为吉祥。一只刚刚生出羽毛的雏儿掉到地上，竟然惊动了整个村庄的男女老少，合议着公推一位爬树利落的姑娘把它送回窝儿里。更不必担心伤害鹭鸶的事了，那是被视为作孽短寿的事。鹭鸶和人类同居一处无疑是一种天然和谐，是鸟类对人类善良天性的信赖和依傍。这两只鹭鸶飞到北岸的哪个村庄里去了呢？在谁家门前或屋后的树上筑巢育雏呢？谁家有幸得此吉兆得此可贵的信赖情愫呢？

185

我便天天傍晚到河湾里来，等待鹭鸶。连续五六天，不见踪影，我才发现没有鹭鸶的小河黯然失色。我明白自己实际是在重演那个可笑的"守株待兔"的寓言故事，然而还是忍不住要来。鹭鸶的倩影太富于诱惑了。那姿容端庄的是一种仙骨神韵，一种优雅一种大度一种自然；起飞时悠然翩然，落水时也悠然翩然，看不出得意时的昂扬恣肆，也看不出失意下的气急败坏；即使在水里啄食小虫小虾青叶草芽儿，也不似鸡们鸭们雀们饿不及待的贪馋和贪婪相。二三十年不见鹭鸶，早已不存再见的企冀和奢望，一见便不能抑止和罢休。我随之改变守候而为寻找，隔天沿着河流朝下，隔天又溯流而上，竟是一周的寻寻觅觅而终不得见。

我又决定改变寻找的时间，宁可舍弃了一个美好的出活儿的早晨，在黎明的晨曦中沿着河水朝上走。大约走出5里路程，河川骤然开阔起来，河对岸有一大片齐肩高的芦苇，临着流水的芦苇幼林边，那两只鹭鸶正在悠然漫步，刚出山顶的霞光把白色的羽毛染成霓虹。

哦！鹭鸶还在这小河川道里。

哦！鹭鸶对人类的信赖毕竟是可以重新建立的。

我在一块河石上悄然坐下来，隔水眺望那一对圣物，心头便涌出一首脍炙人口的诗歌来：

蒹葭苍苍

白露为霜

所谓伊人

在水一方

从昨天到今天

农村已经发生了和正在发生着巨大而深刻的变化，伴随着这种变化，产生了一大批农村题材的优秀作品，及时地反映了这场发生在几亿农民中间的伟大的历史性变革。随着改革的深入发展，文学创作应当更深刻地去反映它，已经成为时代和人民对农村题材创作的迫切要求。

作家研究的主要对象是生活。生活发生了急剧的变化，旧的秩序和旧的组合形式打破了，新的秩序和新的组合正在建立之中，用过去的眼光看待今天的农村生活和农民，真有点眼花缭乱，目不暇接，看不大清了。我从来没有像现在这样深切地感觉到自己理论的贫乏和理解生活的无力。

农村生产责任制的推行，不仅仅是一种生产管理体制的简单的变革，由此开始，价值观念、人与人之间的关系、道德观念等方面，也都在发生着前所未有的变化，农民的精神世界开始呈现出多层次的心理状态。及时而迅敏地捕捉这种变化，首先要求作家的思想保持与时代发展相适应的活力。否则就很难"感光"，如同过时报废的胶片。

生活在变化。无论这种变化多么剧烈，总是与过去相联系。今天是从昨天走过来的，没有昨天就不会有今天。没有几十年农业政策当中一阵紧过一阵的自我限制的极左影响，就没有今天强烈的变革要求和如同大坝开闸般的汹涌欢腾的洪流。

从昨天到今天的变化中，有生动的生活发展的内在联系，有深刻的历史的必然规律。相比之下，简单的图解式的公式化的作品就自然显得日见其绌了。不掌握马克思主义理论的精神实质，不了解现代科学的普通常识，就无法打破自我束缚的思想局限，就无法理解生动活泼的生活现实，过时的报废的胶片再也不会"感光"。学习理论，改变知识结构，以强化自己透视生活的能力，保持思维系统的"胶片"的敏感性，保持思想上的活力，比较深刻地理解过去了的生活和正在变化着的生活的必然联系，已经是我极为迫切的需要了。

我在基层农村工作过较长一段时间，原以为比较熟悉农村，了解农民的。现在看，那只能说是比较熟悉昨天的农村和农民了。对于今天的处于变革时期的农村和农民，因为工作的变化，离开了漩涡的中心，缺乏直接的了解了，没有过去身在其中的那种欢欣、焦灼、忧虑和向往了，有一种雾里看花的朦胧感，有些陌生了。生活变化的时候，如流水有了跌差。有跌差才有响声，才有喧闹，才有浪花迸溅，才有在缓缓的流动中所看不到的壮观奇景。没有对一个村庄,一个农家小院的过去和现在的真实的了解,没有对一个个社员、干部、男人女人、老人青年的生活道路的具体的了解,就很难写出自己对生活的独自的发现。我迫切地需要和他们通话。之所以迫切,有一点担心:处于急骤变化着的这一段生活过去了,尔后永远再也不会重复了,这在自己农村生活的心理感受上,将会留下一段空白,而且是无法弥补的历史性的空白。

踏过泥泞

大约是25年前的70年代初期,我在西安东郊的一个公社(即乡)里工作,在报纸上读到一篇记叙修建襄渝铁路的长篇通讯,文章集中笔墨突出重点记述的是学生连的优秀代表吴南。也许因为我那时候也是二十来岁的青年人吧,架不住那篇声情并茂激越慷慨的文字的煽情,几次湿润了眼睛,为这个仅仅小我几岁的青年英雄而激动而感佩而折服。吴南牺牲了。至今我依然记着吴南这个名字。

距此10余年后的80年代末的一个冬天,我到汉中、安康两地去采访。火车在阳平关掉头转弯之后,便在秦巴山地的丛山和大大小小的坝子里蜿蜒穿越。车轮碾过铁轨发出铿锵沉重节奏强烈的声音,我却一次又一次幻觉着吴南——吴南——吴南的呼唤。是的,吴南和他的男女同学或者说战友,用他们尚为稚嫩的肩膀和胸膛,铺就了这一段贯通陕南东部和西部的铁路。我第一次乘坐列车在这条路上旅行,心中总是萦绕着吴南和吴南们。这就是吴南们修的那条铁路!

又过了七年，即1996年末，我在《西安日报》的副刊版上读到了《三线学兵连》的征文文章。第一篇文章尚未读完，我就想起了吴南。随后能读到的每一篇征文，在我的心里排列起一道吴南的森林。我今日情感和昨日记忆的闸门一齐开启，一次又一次在那些叙说当年的文字上洒下热泪。

"加馍！"这样的呼喊不啻令我心灵震撼，直接引发起我对饥饿恐惧的并不遥远更不陌生的体验，那是一代人的共同的心理恐惧症。无论干部学生工人农民，无论多么杰出的或平庸的人，面对粮票油票餐券和米袋面缸的尴尬和忧愁却是共同的。何况这些正长着身体又承担着超常劳动的中学毕业生，然而他们要求"加馍"的呼喊并不是抗议，亦不是示威，而是面对饥饿的一种自然的又是心理的调侃，表现了一种令人心里酸痛的忠勇与赤诚。

张三元死了。然而《巴山汉水且为忠魂舞》里寥寥数笔就把一个欢欢蹦蹦的18岁青年的形象留在我的心里，怎么也抹不掉。他是西安市第26中学的学生，和我所在的作家协会机关同在建国路上，不过百码的距离。往往在经过那所校门看见上学放学的学生时，我就会想起这位牺牲在陕南山野里的孩子。他的患着心脏病的母亲经受不住这样的精神挫伤，死在他的坟堆前，这样的悲剧真令我难以承受。

"在阴暗潮湿的道坑里，脚下的水没过小腿肚，破裂的胶鞋里灌满了泥水和沙子。一步一'扑哧'，裤腿湿透了大半截，棉衣湿漉漉地贴在身上，在风机震耳欲聋的轰鸣声中……我们完全失去了时间概念，机器人似的只晓得不停地干干干。"

这是《无尘的记忆》里的一段描述劳动场景的文字。作者阎鸿鹏被石头砸破了脑袋，没有经过任何医疗处理，找到一顶安全帽继续干下去。他的战友一脚踩到耙钉上，拔出钉子继续干。这里没有丝毫的英雄主义的自我渲染，而是简洁朴素的铺陈，读来令人心悸。经历过这样殊死搏斗的人，当"青春已逝豪情不再"的今天，竟然如此沉静如山："无论过去或是现在，我心灵深处始终固守着一方净土，那就是善良和忠诚。这就是那个特殊的年代馈赠给我的终生财富。"善哉斯言！

"三线学兵连"是一个特殊时代里的特定的称谓。那个严格限定的十年，无疑是共和国历史上最黯然失色的十年，通称为十年浩劫。处于十年浩劫当中的年轻人，当是受害最深受苦最深的一代人。在那十年里活过来的我们，以及比我们年龄大的和稍小一点的同时代人，谁都不会忘记发生过什么经历过什么遭遇过什么得到了什么失掉了什么。当我们今天能够冷静理智地审视昨天（即十年）的时候，既可以是严峻的又能做到一种宽容。严峻自然是面对历史，面对国家，面对民族，再也不能容忍那样持久那样神圣又那样愚蠢的劫难发生了；宽容自然是面对我们的灵魂而言，当整个国家和民族陷入一种持久的灾难，整个国家和民族前进的车轮陷入漫长的泥泞之中，作为我们个人的得失与苦难就是无法摆脱的，是无计逃遁的，是在劫难逃的。如此想来，也就释然了。

在那场以摧毁和破坏为特征的劫难中，三线学兵连的中学生却成就了一桩建设的业绩。襄渝铁路铺摆在秦岭巴山山水之间，20多年来火车日日夜夜呼啸着穿梭往来，这是写在陕西大地上的长卷诗篇。面对过去面对今天面对未来，那些当年的学兵连的中学生们，都会是一种安慰一种自豪一种自信：在国家和民族处于劫难的年月，他们选择了建设；以自己的青春年华，以自己血肉之躯以至生命，义无反顾地踏过了国家和民族发展历程中的泥泞，也踏过了自己生命历程中的泥泞，心灵永远都是一种最可自信的慰藉；面对儿女以至孙儿都可以心安理得地说，在那个以破坏和摧毁为特征的年代，爸爸、妈妈或爷爷、奶奶选择了建设。

踏过泥泞，人生当是另一番境界。踏过泥泞，人格当会锤锻到更高的层面。踏过泥泞，那个痛苦的过程就升华为人生的一笔财富，这是任何教科书上都不可能捡拾得到的精神财富。

口声

　　春节将至时，有朋自渭北来，带给我一袋地道的久负盛名的"橡头馍"。这种馍馍形状如同农家房檐下露出的橡子的圆头，故得名，其实更像放大加厚的象棋棋子，其味香甜绵长。现在，"橡头馍"已经从农家的锅灶笼屉上获得解放，机械化批量生产，热销于县城和省会城市。有这样一袋本真的"橡头馍"，今年的春节也增添些乡村气息了，弥补了乡思。

　　闲聊间，朋友老梁告诉我，他在市井间听到街谈巷议的一个热门话题，他们那个县的县委书记开会途经秦岭山区，发生车祸，重伤住进医院，昏迷持续三四天之久。当他重新复苏身体逐渐恢复以后，守护他的妻子交给他一张清单，登记着在他昏迷和危险期的时日里，送礼送钱去的单位、人员姓名和钱款的数字以及礼物的品种。当这位县委书记能够重新站在讲台上讲话的时候，他以一种节制的口吻宣布了一条告示，大意是：在车祸受伤住院期间，感谢大家的关心，但关心的方式方法发生了问题，带点食品看病人尚属人之常情常礼，送钱就莫名其妙了。我享受公费医疗，本县财政即使困难，保证我的医疗费还是不成问题的。所以送钱不仅没有理由，也使关心之情变味了。会后请送钱的同志到××部门去领走自己的钱款，可以不公开你们的姓名……

愕然。哗然。参会的人嗡嗡然议论起来。

这种议论很快流泄到县委和政府的各个职能部门，流泄到县属的企业、学校和商业交易场合，流泄到市井街巷和家居的楼房屋院。我的朋友老梁给我说这个传闻时，仍然抑制不住情绪的激动，连连感慨，书记的这个举动轰动了县城了，能做到这一点是不错的……

我的朋友老梁年轻时在海军东海舰队服役，一段很令人羡慕也令他本人自豪的人生篇章，至今偶尔谈到他的水兵生活，甚至驻扎地上海，仍然眉飞色舞高腔欢调儿，因为北方青年能被招为海军水兵的机会太少太少了。他复员回到渭北老家，供职在县供销合作社，工资虽低却是固定的月月照发的，在大家普遍贫穷的那些年月，他很自足自乐。改革开放之后几年，供销社独占乡村商业市场的霸王角色很快被消解，老梁便承包了其中一个部门，自己独立经营起棉布以及与棉毛相关的纺织品来了。生意虽总也做不太大，每年的进文却可以养家，供给孩子上大学，仍然自得其乐。他从未当过官，工作却是尽职尽责的，工作之外喜欢读书，却没有写诗著书当作家的志向，然而确实喜欢文化活动，这便是他和我结交的缘由。他喜欢唱秦腔戏，声色不错，却从来没有当专业演员以此造诣戏坛的雄心，然而确实爱唱，随时随地就可以放开嗓门吼将起来，在我办公室里就吼过一板乱弹，还真是接近专业水平。我写如上这些关于老梁的身世和爱好，仅仅只是想向读者表明，老梁是真实的民间话语者，是市井平民芸芸众生之中的一位，他告诉我的关于县委书记的故事来自民间市井的街谈巷议，不是电视、报纸等新闻媒体的宣传。老梁的话是可以信赖的——关于一个县的中共领导干部在百姓里的口声。

口声，陕西关中方言，与规范的书面语言里的口碑的意思大致相同。如，那人一辈子落下个好口声。或，王家媳妇这一向遭了口声了，指的是遭遇舆论谴责了。这个县的县委书记因为清退送礼的钱款，市井和乡间正沸沸扬扬着一片好口声。我竟然也被老梁的激情煽动起来了。

老梁说的这位县委书记姓王，名字已经记不起来，我和他共进过一顿午餐，真正的一面一餐之交，且已经过两年，印象很模糊了。大约是1997年冬天，我在渭北的蒲城县小住几日，某日午间县委书记派人来约我共进午餐，我受宠的同时，也有点惶惶，给本来很忙的领导添麻烦心里总是有所障碍。见面之后才得知书记姓王，很年轻，稍作交谈竟扯到故乡，可以勉强为乡党；也才得知他请来一位牛津大学的博士，也姓王，时任西北大学校长，原籍渭北蒲城人，专意请回这位从渭北高原走出去的卓有建树的学子回到故乡，给全县各级领导干部专题讲解现代管理知识，这是王校长的专长。那天的午餐交谈很愉快，结识新任西北大学的留洋博士王校长，我自有钦敬，因为这确实是很不容易的；再则是县委王书记请懂管理科学的专家给本县各级行政管理干部来上课,也应是一种很富远见的举措。

就是赶巧凑到一起的这顿午餐,留下了很难说深刻甚至说不上熟悉的印象,然而毕竟认识了。老梁说到他的传闻时激起我的心理反应却很强烈。

这种较为强烈的感动里,我突然想到县志上记载的一位县令,在任几年之后调离本县时,整个县城都骚动了,沿着县令离去的必经之街道夹道送行,鞭炮连绵,酒香弥漫;沿途所经过的大村小庄,男女老少拦路挽留,跪拜不起的乡民堵塞了道路。这是10余年前我在西安郊县查阅县志时留下的印象,应该说这个县令在任几年的口声好得不能再好了。同样在这摞县志里,记载着民国初年发生在该县的一场前所未闻的突发事件:整个县辖的乡村里的农民于某天早晨从四面八方涌进县城,扛着杈、耙、扫帚、犁杖和镢头、木锨,要去交给县长,罢种罢耕,以抗议巧立名目的人头税和田亩税,酿成了关中近代史上影响广泛的"交农运动"。这个民国政府的第一任县长随之被撤职,离开的时间据说选择在夜晚,其口声之坏无须评说。记载在同一个版本的县志里的两位县令,受命于不同的年代,执政于同一块县辖的地域,其口声大相径庭,正好演绎注释了"民可载舟,亦可覆舟"的古训。

老梁说给我的王书记新近发生的故事,诱发我联想多多的一个重要因素,便是新闻媒体刚刚曝光的江西省副省长受贿被捉的消息。我曾在听到看到这个新闻时难以理解,已经做了副省长的胡某要那么多钱干什么？钱财聚到那么大堆的数量，对于个人对于家庭还有什么实际意义可言？因为即使以超豪华的消费水平也难以在有生之年把那么多钱花掉，且不说胡某的政治誓言和人生追求这些东西。如果我没有记忆混乱，胡某是媒体公开曝光的官职很高的领导干部，属少数中之个别。然而每年年终中央和地方省市反贪部门公布的成绩概括中，那被惩的人数却是令人震惊的。一个个吸附在各级政权里的蛀虫被钳击出来，使人感到痛快的同时也不无忧虑。再说到民间和市井，层出不穷的传闻和极具智慧的讥讽腐败的民谣和笑话，消解和淡化着各级政权的神圣和庄严。无论是证据确凿的公开惩治的消息，还是不敢全信的更多的民间传闻，倾注到人耳朵的这些东西太多了的直接后果，令我忧虑令我烦恼令我开心不起来，真希望能有清风灌进耳来，有清净的绿地映入眼睛，以荡涤污血和浊水。与我仅一面一餐之交的县委王书记的举动传到我这里时，正合了我的这种心理需要。如若在今后可期待的某一个年份，民间和市井里更多流传的不是那些讽喻性的笑话和顺口溜，而是如渭北的王书记的好口声，我敢肯定从地方到中央反贪机关的成绩将会逐年萎缩，当是国家和人民的头等幸事。

　　朋友老梁讲述的王书记的故事，之所以引起我共鸣的又一个诱因，是我所在的单位正开展"三讲"。"三讲"的内容和目的无须赘述。我在阅读江泽民的著作时，有一句话引起我的震惊，即堂堂正正做人。

震惊来自对这六个字的直感。在我的记忆里，自稍知人事的童稚时代起，父亲便要求我堂堂正正做人。在念书求知的各个学段，不仅父亲尤其是老师，无一不是把"堂堂正正做人"作为最基本的修身准则尺量我们。"三讲"的对象是县处级以上的领导干部，百分之百的共产党员，给他们现在提出的"堂堂正正做人"这样的要求，其实只是作为人的道德修养的ABC，是基础；是无论工人、农民、小贩、商人、普通干部等各种职业的人，无论贫富无论智商高低无论性别无论长幼无论宗教信仰的各色之人，立身行世的最基础之准则；是任何一个父亲母亲和哪怕是最平庸的教师，都会对自己的子女和自己教授的学生一以贯之毫不含糊地当作基础品格实施培养的。然而这个话是由江总书记说的，有点痛切的味道，对象却是县处级以上的中高级党员领导干部，肯定不是无的放矢。那么我就可以放胆推论，在县处级以上党员领导干部的庞大队伍里，起码有一些人在做人的ABC的基本之点上出了问题，不那么堂堂正正。既然自身都堂堂正正不起来，那么怎样去实施自己的职能所要求的工作，怎样去实施党所赋予他的在他负责的地域或领域的使命和任务？结论是无须点明的。如果连堂堂正正都做不到，那么他的政治信仰、主义、理想全都会飘忽游移，甚至只是一张招牌一块遮羞布而已。

　　然而江总书记不会是随随便便讲这个话的。进而想想，"堂堂正正做人"，对任何人来说，都不会是一次性完成的；

在人的生命历程的任何一个阶段，都存在"堂堂正正"能否继续的矛盾和选择。在广泛如"文化大革命"、局部如自己所处的具体环境里，在邪恶之势逼压以至残害人的时候，能否保持从信仰到灵魂到身躯的堂堂正正？在已经呈现前所未有的进步繁荣也同时出现前所未见的纷繁复杂的社会生活面前，权力的诱惑和物欲的诱惑都在对"堂堂正正做人"这个基础进行无休无止的冲击，能招架得住吗？

昨天顶住了10000元的诱惑，今天却屈从于100000元的诱惑，昨天堂堂正正是个人，今天就"堂堂"不起来也无法"正正"了；顶住了金钱物质的诱惑，却在传情的眉眼旋飞的彩裙里陶醉了沉迷了，"堂堂正正"了半生的躯体从此怎么也硬撑不直了；昨天做着副手兢兢业业"堂堂正正"，今天提升为第一把交椅，权力和声威突然之间能够作用到所辖领域的一切角落的时候，在真诚与比真诚更富迷惑色彩的巴结逢迎之间发生迷乱，甚而落入鲜花、笑颜、涎水、金币和大腿铺设的陷阱，何论"堂堂正正"；接受卖官的贿赂，必然再去行贿买官，以满足无限膨胀的权欲和如影随形的物欲，官位高升的同时，灵魂却龌龊了人格也矮化萎缩了，自然没有"堂堂正正"这个做人的基础工程了。

朋友老梁讲述的渭北王书记的故事，让我感受到天地正气的痛快，获得阡陌与市井间的好口声，不仅是合理的，也是党心民心所期待的。我愈加自信这样一个人生信条——"苍山无言，江河有声。"

拜见朱鹮

中国有熊猫，世界独一无二，国宝。

中国有朱鹮，同样独一无二，同样为国宝。

朱鹮在中国，也只是在陕西洋县一地有。洋县在秦岭南麓，汉江边上，有平坦的坝子，有曲线优美舒展温柔的缓坡，有重叠起伏一袭秀气的丘陵，有挺拔伟岸弥漫着原始森林气息的秦岭群峰，有如画如诗的田畴和稻地，更有性情温和天性怡然的乡民……在世界各地的朱鹮相继灭绝（日本仅余一只失去繁育能力的老鸟）的现今，洋县却存留住了这种鸟儿。

想到今天就可以看到朱鹮，竟有拜谒的激动和忐忑。这种心态源自既久的关于朱鹮的传闻的神秘。90年代初，第一次从报刊上看到在陕西洋县发现朱鹮的消息，看到了这种前所未闻的稀世珍禽的倩影，尽管报纸上照片的印刷质量极差，然而这鸟儿的仙姿丽影依然飘逸显现，给我留下来一个梦幻丽人的记忆。那时候，同时就滋生了想一睹其风姿的欲望，整整十年了，曾经有过下汉中途经洋县的行程，却没有机缘去攀见，欲望便滞积在心里，愈久愈强烈。

十年里，有关朱鹮的印象不断地加深着，报刊和电视上不断有关于朱鹮的消息，都是令人兴奋和欣慰的：最初发现的几只朱鹮安全无虞。国家已经在洋县建立朱鹮救护基地，并派出专家精心养护。日本友人捐资救护朱鹮，有社会团体也有个人。更令人振奋的消息说，在洋县某地又发现朱鹮聚生的群体。十年下来，朱鹮的族群从最初的几只已经繁衍到200只，成为一个令世界惊羡的华丽家族了，这个濒临灭种的鸟类珍品注定不会从最后一块栖息之地消失了。

朱鹮在南美的丛林里已经消失了，不再重现。朱鹮在日本仅存一只，也到了年迈色衰失掉繁殖本能的奄奄状态，绝灭是注定了的。日本国民为这种鸟儿即将面临的灭绝，几乎举国哀怨，且有自省，他们的许多东西都趋世界前列，而一只小鸟的保护却屡遭失挫，以至眼巴巴看着它绝世而去。朱鹮被日本人视为国鸟，有某种悠长的情结。据说日本人通过几种途径渴求得到中国朱鹮，以弥补国人心里那份永久的遗憾和亏欠，直到天皇访华向我国领导人提出这种愿望，于是就有一对名为"友友"和"洋洋"的朱鹮从洋县起程，一路专车监护，经西安，举行隆重的赠送仪式，然后直飞东邻岛国，使人想起那位出塞的汉家女王昭君。我在到达丘陵缓坡下的朱鹮救护基地时，有一位日本人刚刚离开。确凿无误的消息说，1998年东渡日本的"友友"和"洋洋"已经成功地哺育了第一只小朱鹮，作为日本国鸟的朱鹮有了后代，据说又轰动了日本。

我在电视上看到过有关朱鹮的专题片，一袭嫩白，柔若无骨，在稻田里踯躅是优雅的，起飞的动作是优雅的，掠过一畦畦稻田和一座座小丘飞行在天空是优雅的，降落在田埂或树枝上的动作也是一份优雅。这个鸟儿生就的仙风神韵，入得人眼就是一股清丽，拂人心肺。头顶一抹丹红，长长的紫黑的喙的尖头竟然是红色，两条细长的腿红色惹眼，白色的翅膀的内里也是红色的，像是白面红里的被子，通体嫩白中点缀着这几点丹朱，凭想象尽可以勾勒它的美妙了。

凭着积久的印象和愿望，在即将见到朱鹮的真身时，就有了某种拜谒至仙的感觉。我在朱鹮救护基地看见的朱鹮是笼养的，未免遗憾，它们无法飞翔起来，只能在人工搭设的木架上栖息，在笼子圈定的沙地上蹒跚，在人和鸟共同筑成的巢窝产卵孵卵。四月正是朱鹮的繁殖期，不能惊扰。据说受了惊扰的雌鸟激素会受影响，减少产卵数量，我就甘愿远远地站着。

另外的遗憾还是因为时月。处于繁育期的朱鹮，羽毛竟然神奇地变换了，变幻出一身的灰色，据专家说这是鸟儿为了保护自己以迷惑天敌的生理性转换。白色的羽毛已经变成灰色，从头到尾，那灰色也有深和浅的不同层次，深灰浅灰和灰白色，像是野战将士的迷彩服。这种羽毛在季节中的变化，最初连专业人员也发生过错觉，以为在山野里又发现了朱鹮的"新新人类"，后来才知闹了笑话，仍然是朱鹮，灰色的朱鹮是白色的朱鹮适应生存发展的一种色变。

灰色的朱鹮头顶上耀眼的丹红暗淡了，长喙尖头的红色也变成铁红了，长腿的红色也收敛了艳丽，只有翅膀内里的红色还依旧鲜亮。为了繁育后代，为了繁育期卧巢和不能远行的安全，这鸟儿一身素装，把天生丽质隐蔽起来，像最爱美的少妇在月子里的不修边幅和甘愿邋遢。对我来说，遗憾虽然有，毕竟见到了真实的朱鹮，优雅依旧，神韵依然，因在笼子里的栖卧和蹒跚，依然不失其仙风神韵的优雅。

为了防止最丑恶的蛇和老鼠偷食鸟蛋和幼鸟，偌大的笼子用罕见的细密的钢丝织成围就。我无法想象蛇和鼠对朱鹮生存的威胁和残害的惨景，然而自然界从来就是这样混生着。专家还告诉我，养在笼子里的朱鹮，最初是从野外抢救回来的"老弱病残"，经人工科学养护脱离危险，它们就不习惯笼子里的囚守般的限制往外扑逃，常常撞到丝网上而伤翅破头，感染溃烂致死。于是就在网内再设一层软网，有效地解决了这个棘手的问题。正是这一道软网，使日本人感到自己脑袋还有不开窍的那一面，能造出世界上最好的汽车和电器，却想不到这一张软网，致使饲养的朱鹮屡屡发生撞伤以至死亡的惨事。

我还是想看到纯如白雪公主的朱鹮，还是渴望观赏朱鹮在稻田和缓坡地带飞翔在蓝天白云下的仙风神韵。需等到秋天或冬天，朱鹮的幼鸟也能翱翔于天空时，哺育和监护后代的使命宣告完成，它们就逐渐变换出嫩白的羽毛和几点惹眼的丹红，人们就可以看到掠过水田和绿树的仙姿神韵了。

留下遗憾，也留下依恋和向往，待秋后满山红叶时，再到洋县朱鹮聚居的山野来，再做礼拜。

动心一刻

下班了就有松懈和慵懒，悠悠地走在回家的小巷里，整个上午对几茬子来人说过什么话大都忘记了，如此而已。

突然听到背后有人连声叫着"爷爷"，想到自己尚不可能有在街巷里跑着玩着的孙子，便放心地继续悠哉游哉地移步前行。未几，真有一个孙子抢到我前边挡住去路，喘着小气说："陈爷爷，听说新办公楼盖好了，要买新乒乓球案子？"

我随口答道："是的。会买的。"

他竟然发出挑战："那咱们比赛一场？"

我略有迟疑，随之反问："你为啥要找我比赛？你的同学伙伴不是很多吗？"

他也略有迟疑，稍现羞涩，还是坦陈出原委："因为我输给你了……"

我心里一动，真是始料不及，正为白捡来的这么一个俊气的孙子得意，不料却是要求"复仇"而且当面送来挑战书的"敌手"。正应了一则民间笑话，一个农夫捡到一盒包装整齐的点心喜不自禁，打开来却是一只刺猬……我看看这位挑战者，白净的脸膛，睫毛很长的眼睛，俊气而漂亮，瞅着瞅着竟发觉有点面熟，也想在"决战"前先了解一下"敌手"来自何方姓甚名谁。我刚一发问，他便答道："我是×××的孙子。"我便明白了，×××是另一家协会的老编辑，已经退休，就住在我们单位的另一座住宅楼上。其实这个小家伙也不是生人，常在机关下班后，和一伙孩子乘虚而入，爬梨树捉迷藏，把楼梯上宽大的水泥护栏当作溜溜板爬上溜下，我却根本搞不清这一伙孩子是谁家的儿女或孙儿孙女。我说："好哇，趁着我现在还可以上乒乓球场子，你来试试。"小家伙满脸欢悦地说着"谢谢陈爷爷"，临走还给我躬了一个九十度的大躬。我竟很感动。多么文明的一位挑战者！×××教养出来这么可爱的一个孙子！

　　我继续悠哉游哉走过小巷，渐渐记起来，前几年机关买了一台乒乓球案子，因为没有房子安置，就支在露天院子里。男女工作人员和编辑们常在工间休息和工余打一阵乒乓球，常常为胜负而耍孩子气，常常打得大汗淋漓红颜浮现，以坐为职业特征的机关院里便有了一股活气和生气。我也是乒乓爱好者，球技平平却有几十年的挥拍球史。正经比赛和一般玩耍或打球，自然都要分个胜负，得胜的小小得意和失败的小小不快都发生过，一旦离开乒乓球桌便自动消解。我隐隐记得可能与这个小孩子打过一次或两次，胜负早已不存记录了。然而这孩子却记着。

这将是一个无须判断结局的比赛。可以设想即将到来的这场比赛他又输了，按他的这种优良的不服输的个性，肯定还会向我发出挑战书的……直到他取得胜利。这里存在一个不可逆转更不可论比的条件，便是年龄；他处于少年而我已跨入老年，他训练球技的时日太富裕而我早已不在这方面下功夫了。他肯定是总体上的胜利者，这是无须判断也无须等视的结局。我倒是另有心动的一面，如果这个孩子规规矩矩走到我面前说：爷爷你打得好我打得不好我很服你请你教我打球吧！我肯定赞赏他的谦逊和礼貌，也会在相遇的球场机缘里帮他练点基本功，然而肯定不会引发心动，不会感到某种挑战的咄咄逼人的少年壮气的冲击。

这个马路上"捡"来的孙子发出的挑战，使我泛起相仿年纪里我的美妙记忆：背一周的干粮（馍）走50里路进入西安，一日三餐都是开水泡软的玉米面馍馍，竟然在爱上文学的同时也迷上了乒乓球，常常是一边啃着发硬的馍馍一边抢占乒乓球台子。文学创作后来成为我毕生难舍的职业，乒乓球也断断续续伴着我成为名副其实的业余玩具。

经历过生活的演变也经历过人生的坎坷之后，常常容易感慨，容易以当下发生的事与过去发生过的事互为参照，容易发生由今日之事勾连起往昔里那些尘封沉寂的琐事屐痕，往往令自己心里一动，陷入一种陈年佳酿般的迷醉。人生无论从事什么职业无论崇尚何种理想，可贵在那么一股不服输的气（这气当然不是赌气，此气非彼气）。输是正常的，失败也是正常的，输十次失败十次甚至更多都是正常的，关键在于去争取第十一次的赢或成功时的气还足否。如果输不起也失败不起因而撒了那一股气，便永远消失了赢和成功的机会和可能。

这个"捡"来的孙子的可爱不单在那一张俊秀的脸膛，而在那一股不服输的气。我便想了，他在赢我之后，应把下一个对手瞅到刘国梁或瓦尔德内尔身上，那是乒乓世界的顶点标志。目标远了高了大了，气会蕴积得更壮，无论对他个人和这个民族的未来都特别珍贵，乒乓球不过是一个喻体而已。

动心的一瞬之后反躬自省，尽管有了这样的年纪，那个底气还应不断蕴蓄，以备新的行程。这个马路上"捡"来的孙子肯定只想着赢我这样一个业余水平的老球员，却不会料及他的行为本身给我的人生警示。快哉善哉。

滔滔汉江水

汉中市文联要编一套书,总名字叫《汉中五十年文学作品选》,共分小说、剧本、诗歌、散文、报告文学五卷,洋洋百万字。

这实在是一件功德无量的事。王蓬说,喊了8年,至今才弄成!我以为能弄成就很了不起。这既是向中华人民共和国成立50周年大庆的一个献礼,也是汉中市50年文学历程的一个形象小结和检阅,还可以看成是对后人的一个交代,可以起到弘扬、积淀汉中本土文学精华的作用,对区域间的文学交流也有好处。汉中市的领导机关和领导同志都很支持这件事,我是很感激的,自然是出于文学情结。

我去过几次汉中,对秦岭南边的汉中坝子的风光风土人情尤为敏感,留下了难以淡忘的印象。我喜欢抽的烟是汉中产的城固巴山雪茄;最爱喝的茶是汉中镇巴"巴山茶痴"蔡如桂先生送的"秦巴雾毫"。我第一次翻过秦岭到汉中,几乎可以说是大吃一惊：在西北这片土地上，竟然有如此秀美的地方，青山绿水，空气湿润，稻麦两熟，满目苍翠，一派江南景色。

汉中最令人神往的是这个"汉"字。汉江发源于斯，并贯穿了盆地的中心，孕育了这里的丰饶与文明。西汉王朝的开国君王刘邦就是从汉中起家的。他靠"汉三杰"萧何、张良、韩信的辅佐，打败了项羽，终于在古长安一统天下。汉族、汉字、汉文化中的"汉"字皆缘起于兹，这真是汉中人的骄傲呢！

历史上有两个汉中人令人无比景仰。一个是张骞，开辟了"丝绸之路"，联通了西域，带回来许多中原没有的物种，兼探险家和外交家于一身。再一个是李固，我知道此公大名，是因为毛泽东主席引用了他的佳句："峣峣者易折，皎皎者易污。阳春之曲，和者必寡；盛名之下，其实难副。"李固是个敢与视社稷如私物的外戚权奸梁冀作斗争的硬汉子，最后被迫害致死。范文澜先生称其为"鲠直派领袖"。看来表面瘦小文弱的汉中人，骨子里却蓄蕴着坚韧和刚烈。张骞、李固就是汉中人的精神内质的典范。

三国时代，诸葛亮是把汉中作为前沿根据地的。半部《三国演义》，几乎都与汉中有关。诸葛亮死后也葬于汉中勉县的定军山下。我窃想，汉中人的聪慧是否受了诸葛遗风的滋润呢？

扯远了，还是言归正传。据我所知，汉中的文学在新时期以前似乎缺少较大范围影响的作品，只是进入80年代以后，随着改革开放、经济文化的发展，文学创作才日渐兴旺起来，产生了一批有代表性的作家。王蓬当是跃上新时期中国文坛最早也最具影响的青年作家。他是汉中文学界的代表人物，小说、散文、报告文学、电视专题片多种体裁都有收获，出版了十余种专著，尤其令我佩服的是他对栈道文化的专注、执着和稔熟，堪称文学领域的多面手。我想他恐怕既要"感谢"时代的荒谬对他的捉弄，也要感谢鲁迅文学院和北京大学对他的栽培。老作家周兢几十年辛勤耕耘，人虽已经离休，仍然沉浸于关怀下一代的事业中。一个旧社会的童工，只有小学文化程度，出了几十本书，当了研究馆员，成为全国闻名的儿童文学作家和"故事大王"，实属难能可贵，令人钦敬。刁永泉是一位儒雅诗人，他的诗格调清新、余韵悠长、耐得咀嚼；他的散文也是诗，读起来是一种美的享受，从中可以感受到他在传统文化上的深厚修养。我存有他的书法作品，与其诗、散文交相媲美。李汉荣比较年轻，原来是写诗的，脑袋钻进了太空，整天思索一些看似云飘雾缈的事情，实际皆关乎人类生存这个大命题，所以人们戏称他为"宇宙诗人"。近几年来，他连续发表了一些内涵博深颇有才气的散文，引起了广泛的关注。还有一位后起之秀寇挥，作品类近荒诞派流派，是我省近年间在全国产生广泛影响的几位文学新星之一，被文坛所关注和期望。在我们陕西这么一块以现实主义作家为主体的土地上，出现这样一个现代派作家，是让人高兴的事。还有两位来自汉中的作家：韩起和爱琴海。韩起长期生活在汉中，以一个外来人的敏锐感受着秦巴山地的文化气韵，写了一批佳作。爱琴海这个典型的汉中人，矮小文弱，写出了非常大气而且洋气的长篇《喜玛拉雅》，直令人刮目相视。文坛上比较知名的作家蒋金彦、杨志鹏、张虹，还有上海的翻译家、作家、教授王智量先生等也都是汉中人呢！

戏剧上的事情我不大了解。听说老剧作家裴斐先生，本是东北人，随解放大军一起解放了这个古城，扎根汉中50年，写过不少有影响的戏。郝昭庆原来是搞小说的，多年以前相识，皆因文学为缘。印象中他的发言口若悬河，热烈而坦诚，给我留下很深的印象。我曾开玩笑地对他说，你怕是走错了路，应该去当律师，施洋那样的大律师。后来听说他的兴趣转移到戏剧创作上去了，一出手就不同凡响，把两本大戏送到了北京，《清水衙门糊涂官》成为秦腔第一个参加中国艺术节的戏。

除了上述在全省乃至全国有影响的几位，汉中还有一大批文学爱好者，他们紧紧团结在很富有生气的《衮雪》周围，形成了一个群木争荣的蓬勃景观，未来发展潜力是不可估量的。

因为历史和地域的特定因素，汉中自古与楚、蜀、陇文化有着密切的联系。因此，汉中文学必然受到楚蜀陇文化的影响，是秦楚蜀陇文化交融的产物，兼有从北方到南方过渡地带的刚柔相济的特质，令人惊羡。

谨祝汉中的文学事业如滔滔汉江，后浪赶前浪，代有才人出，重开50年。

第一声鸣叫

在我看来,孩子在纸上写下的第一个字,便预示着智慧之门的开启。这是我在散文《家之脉》里有感而发的话。人识了字,才能掌握接受各类信息、纳入各种知识的手段,才能告别狭隘和愚昧,开阔视野开阔胸怀,逐渐充盈起来,获得对这个世界的生存自信,进而便开始在这个世界的某一领域进行自己的创造性劳动了,进而便有一种对这个世界的独特感受独特体验需要抒发了。

基于这样的理解,孩子在作文本上写成的第一篇把汉字连接成句又连接成文的文章,应该看成是口角尚留黄痕的小鸟的第一声歌唱,是华冠未丰的公鸡的第一次啼鸣,是古人喻为刚露尖角的小荷,是马驹撒欢的第一声嘶吼,是一个新的生命向这个世界发出的第一次挑战和宣言。任何一个心理健康的成年人,都会对其发生惊喜、关爱、宽容、欣慰和期盼,而绝不会在乎幼稚或浅显。

人之所以神圣，在于除生理的基本需求之外，有创造的欲望，有表述的欲望，或者说把自己在这个社会里实施创造过程的种种感受和体验再向社会表白，甚至在他们开始创造性活动之前的求知阶段，在他们获得了文字能力之后，这种表述的欲望就产生了。随着年龄的递增和知识的积累，他们体验社会体验人生的深度也就逐渐掘进，看取生活的视角也会逐渐开阔，表述他们独自体验的文章便会呈现千姿百态百花齐放。毫无疑义，这其中必然会有佼佼者在走向未来的中国文坛，成就一方独立的新颖的风景。过去的和现在的作家、文豪是这样发展起来的，未来的作家、文豪也必定从这个稠密的幼林里脱颖而出，独秀一枝。

这个过程自然漫长，有如小苗到大树，幼芽出土到花团锦簇，然而毕竟开始了。开始就预示着希望，就预示着未来。通往未来的文学之路千条百条，我唯一想要告诉年轻朋友的一点，与其设想一路顺畅，莫如准备崎岖艰辛；与其期盼一鸣惊人，莫如扎实演练逐渐攀升。无论自然科学各个领域的发明创造，还是文学艺术各个门类的杰出成就，从来没有一步登天的先例，所有辉煌的高点和深度，都是无以数计的汗水和脚步累积成就的。我向所有这些刚刚发出第一声鸣叫的朋友表示诚挚的祝愿。

沉重之尘

八年前的那年春节刚过,浓郁的新年佳节的气氛还弥漫在乡村里,我就迫不及待地赶到蓝田县城去查阅县志。我已经开始了一部长篇小说的孕育和构思。我想较为系统地了解我所生活着的这块土地的昨天或者说历史。县志在我看来就是一个县的历史,又是一个县的百科全书。为了避免一个县可能存在的褊狭性,我决定查阅蓝田、长安、咸宁三县县志;这三个县在地理上联结成片包围着西安,属于号称"自古帝王都"的关中这块古老土地的腹心地带,其用心不言自明。

翻阅线装的残破皱褶的县志时感觉很奇异,像是沿着一条幽深的墓穴走向远古。当我查阅到连续三本的《贞妇烈女》卷时,又感到似乎从那个墓穴进入一个空远无边碑石林立的大坟场。头一本上记载着一大批有名有姓的贞妇烈女们贞节守志的典型事例,内容大同小异事例重复文字也难免重复,然而绝对称得起字斟句酌高度凝练高度概括,列在头一名的贞妇最典型的事例也不过七八行文字,随之从卷首到卷末逐渐递减到一人只给她一行文字。

第二本和第三本已经简化到没有一词一句的事迹介绍，只记着张王氏李赵氏陈刘氏的代号了，属于哪个村庄也无从查考，整整两大本就这样实扎扎印下来，没有标点更不分章节。我看这些连真实姓名也没有的代号干什么？

当我毫不犹豫地把这三本县志推开的一瞬，心头似悸颤了一下。我猛然想到，自从这套不断被续修续编的县志编成，任何一位后来如我的查阅者，有的可能注重在"历史沿革"卷，有的可能纯粹为探究"地理地貌"，有的也许只对"物产经济"卷感兴趣，恐怕没有什么人会对那些只记录着代号的两大本能有耐心阅览。我突然对那些无以数计的代号委屈起来，她们用自己活泼泼的肉体生命（可以肯定其中有不少身段曲线脸蛋肤色都很标致的漂亮的女人），坚守着一个"贞"字，终其一生而在县志上争取到3厘米的位置，却没有什么人有耐心读响她们的名字，这是几重悲哀？

我重新把那三大本揽到眼下翻开，一页一页揭过去，一行接着一行一个代号接一个代号读下去，像是排长在点名，而我点着的却是一个个幽灵的名字，那些干枯的代号全都被我点化成活为一个个活泼泼的生命在我的房间里舞蹈……一个个从如花似玉的花季萎缩成皱褶的抹布一样的女性，对于她们来说，人的只有一次的生命是怎样痛苦煎熬到溘然长逝的……我庄严地念着，企图让她们知道，多少多少年以后，有一个并不著名的作家向她们行了注目礼。

我无言以对。

我喘着粗气，渐次平静；我又合上那三本《贞妇烈女》卷县志，屋子里的幽灵也全部寂然；看着那三本县志，我深切地感受到了什么叫历史的灰尘，又是怎样沉重的一种灰尘啊！我的心里瞬间又泛起一个女人偷情的故事。我在乡村工作的二十年里听到过许多许多偷情的故事，有男人的也有女人的，这种民间文学的脚本通常被称作"酸黄菜"，历久不衰，如果用心编撰可以搞成东方的《十日谈》。

我至今也搞不清楚，是那三大本里的贞妇烈女们把我潜存的那些偷情男女的故事激活了，还是那些"酸黄菜"故事里的偷情男女把这三本《贞妇烈女》卷里的人物激活了？官办的县志不惜工本记载贞妇烈女的代号和事例，民间历久不衰传播的却是荡妇淫娃的故事……这个民族的面皮和内心的分裂由来已久。

我突然电击火迸一样产生了一种艺术的灵感，眼前就幻化出一个女人来，就是后来写成的长篇小说《白鹿原》里的田小娥。

在河之洲

汽车驶出古城西安东门，不久就进入麦深似海的关中平原的腹地。时令刚交上五月，吐穗扬花的小麦一望无际，眼前是嫩滴滴的密密匝匝的麦叶麦穗，稍远就呈现为青色了。放开眼远眺，就是令人心灵震颤的恢弘深沉的气象了。东过渭河，田堰层叠的渭北高原，在灰云和浓雾里隐隐呈现出独特的风貌，整个渭北高原都被青葱葱的麦子覆盖着，如此博大深沉，又如此舒展柔曼，无法想象仅仅在两个月之前的残破与苍凉，顿然生发出对黄土高原深蕴不露的神奇伟力的感动。

我的心绪早已舒展欢愉起来，却不完全因为满川满原的绿色的浸染和撩拨，更有潜藏心底的一个极富诱惑的企盼，即将踏访2000多年前那位"窈窕淑女"曾经生活和恋爱的"在河之洲"了。确切地说，早在几天之前朋友相约的时候，我的心里就踊跃着期待着，去看那块神秘莫测的"在河之洲"。

我是少年时期在初中语文课本上，初读那首被称作中国第一首爱情诗歌的。无须语文老师督促，一诵我便成记了，也就终生难忘了。"关关雎鸠,在河之洲;窈窕淑女,君子好逑。"许是少年时期特有的敏感,对那位好逑的君子不大感兴趣,甚至有莫名的逆反式的嫉妒,一个什么样儿的君子,竟然能够赢得那位窈窕淑女的爱?在河之洲,在哪条河边的哪一块芳草地上,曾经出现过一位窈窕淑女,而且演绎出千古诵颂不衰的美丽的爱情诗篇?神秘而又圣洁的"在河之洲",就在我的心底潜存下来。后来听说这首爱情绝唱就产生在渭北高原,却不敢全信,以为不过是传说罢了,而渭河平原的历史传说太多太多了。直到朋友约我的时候,确凿而又具体地告诉我,在河之洲,就是渭北高原合阳县的洽川,这是大学问家朱熹老先生论证勘定的。朱熹著《诗集传》里的"关雎"篇,以及《大雅·大明》的注释,有"在洽之阳,在渭之涘"可佐证,更有"洽,水名,本在今同州郃阳夏阳县",指示出不容置疑的具体方位。郃阳即今日的合阳县,20世纪50年代还沿用古体字"郃"作为县名,后来为图得简便,把右边的耳朵削减省略了,郃阳县就成今天通用的合阳县了。洽水在合阳县投入黄河,这一片黄河道里的滩地古称洽川,就是千百年来让初恋男女梦幻情迷的"在河之洲"。我现在就奔着那方神秘而又圣洁的芳草地来了。

  远远便瞅见了黄河。黄河紧紧贴着绵延起伏的群山似的断崖的崖根,静静地悄无声息地涌流着。黄河冲出禹门,又冲出晋陕大峡谷,到这里才放松了,温柔了,也需要抒情低吟了,抖落下沉重的泥沙,孕育出渭北高原这方丰饶秀美的河洲。这是令人一瞅就感到心灵震颤的一方绿洲,顿然便自惭想象的狭窄和局限。这里坦坦荡荡铺展开的绿莹莹的芦苇，左望不见边际，右眺也不见边际，沿着黄河也装饰着黄河，竟有3万多亩，那一派芦苇的青葱的绿色所蕴聚的气象，使人初见的一瞬便感到巨大的摇撼和震颤。我站在坡坎上，久久说不出一句话来，那方自少年时代就潜存心底的"在河之洲"，完全不及现实的洽川壮美。

芦苇正长到和我一般高，齐刷刷，绿莹莹，宽宽的叶子上绣积着一层茸茸白毛，纯净到纤尘不染。我漫步在芦苇荡里青草铺就的小道上，似可感到正值青春期的芦苇的呼吸。我自然想到那位身姿窈窕的淑女，也许在麦田里锄草，在桑树上采摘桑叶，在芦苇丛里聆听鸟鸣，高原的地脉和洽川芦荡的气韵，孕育出窈窕壮健的身姿和洒脱清爽的质地，才会让那个万众景仰的周文王一见钟情，倾心求爱。我便暗自好笑少年时期自己的无知与轻狂，好逑的君子可是西周的周文王啊，哪里还有比他更能称得起君子的君子呢！一个君王向一个锄地割麦采桑养蚕的民间女子求爱，就在这莽莽苍苍郁郁葱葱的芦苇荡里，留下《诗经》开篇的爱情诗篇，萦绕在这个民族每一个子孙的情感之湖里，滋润了2000余年，依然在诵着吟着品着咂着，成了一种永恒。

雨下起来了。芦苇荡里白茫茫一片铺天盖地的雨雾，腾起排山倒海般雨打苇叶的啸声，一波一波撞击人的胸膛。走到芦苇荡里一处开阔地时，看到一幅奇景，好大的一个水塘里，竟然有几十个人在戏水，男人女人，年轻人居多，也有头发稀落皮肉松弛的上了年岁的人。这个时月里的渭北高原，又下着大雨，气温不过十度，那些人只穿泳衣在水塘里嬉闹着，似乎不可思议。这是一个温泉，名处女泉，大约从文王向民间淑女求爱之前就涌流到今天了。温泉蒸腾着白色的水汽，像一只沸滚的大锅，一团一团温热湿润的水汽向四周的芦苇丛里弥漫，幻如仙境。洽川人得了这一塘好水，冬夏都可以尽情洗浴了，自古形成一个风俗，女子出嫁前夜，必定到处女泉净身，真是如诗如画。洽川这种温泉在古籍上有一个怪异的专用汉字——瀵。自地下冒涌出来，冲起沙粒，对浴者的皮肤冲击搓磨，比现代浴室超豪华设施美妙得远了。在洽川，这样的瀵泉有很多，细如蚁穴，大如车轮。《水经注》等多种典籍都有生动具体的描绘。现在成了各地游客观赏或享受沙浪浴的好去处了。

　　这肯定是我见过的最绝妙的温泉了，也肯定是我观赏到的最壮观最有气魄的芦苇荡了，造化赐予缺雨干旱的渭北高原这样迷人的一方绿地一塘好水，弥足珍贵。我在孙犁的小说散文里领略过荷花淀和芦苇荡的诗意美，前不久从媒体上看到有干涸的危机，不免扼腕；从京剧《沙家浜》里知道江南有一处可藏匿新四军的芦苇荡，不知还有芦苇否？芦苇丛生的湿地沙滩，被誉为地球的肺。无须特意强调，谁都知道其对于人类生存不可或缺的功能。

　　我便庆幸，在黄河滩的洽川，芦苇在蓬勃着，温泉在涌着冒着，现代淑女和现代君子，在这一方芳草地上，演绎着风流。

仰天俯地，无愧生者与亡灵

至今依旧清晰地记着，头一回听到孔从洲将军的名字，而且还听他说是我的灞桥乡党时的那种惊讶和神秘的情状。

那是我刚刚进入高中学习，从结识不久尚未完全消除生疏的同班同学那里得知的。孔从洲是我村人。我村出了一位将军，炮兵司令，等等。他说话的表情和声调是骄傲，亦不无炫耀。然而，他只是再三强调孔从洲将军是他们上桥梓口村人，他父亲曾经和将军在同一所私塾念过书一块在村巷田野疯玩，却再也提供不出化释我的神秘感的内容，诸如将军如何踏上革命道路，经历过怎样艰难曲折的过程，有哪些超凡事迹或英雄壮举，这都是我乍听之后特别感兴趣的话题，他却不甚了了，只顾沉浸在本村出了将军的荣耀和骄傲的情绪里。我的高中母校就在古人折柳送别的灞桥桥南，学校的围墙就扎在灞河河堤根下，过桥朝西北方向走不过几里，就是孔从洲将军的老家上桥梓口村。我和同学帮助农民秋收时，往返于上桥梓口村开阔的田野，眺望沿着灞河长堤伸向渭河平原深处的柳树林带，走在上桥梓口村雨后深陷的马车辙痕的土路上，看不出这个上桥梓口村和邻近村庄有什么不同的气场脉象，然而一位共和国的将军就出在这里。我的崇拜和敬重是很自然地发生的，20世纪50年代是一个崇拜英雄的时代，为共和国的建立流血牺牲的烈士和功勋卓著的英雄，获得整个社会的尊敬和爱戴是由衷的真诚的；从少年时代到步入青年，我充分感受浸润着这种崇拜英雄的社会气氛，也因为我的个性和刚刚萌生的想有作为的心理，对前辈英雄不仅崇拜，而且形成一种心理情结；孔从洲将军是离我最近的一位前辈乡党，我的崇敬我的骄傲和我的神秘感，由此时贮入心底，竟然有40多年了。

直到去年初，我读到作家徐剑铭等人写作的长篇纪实《立马中条》书稿，看到孙蔚如司令麾下战将孔从洲浴血抗击日本侵略者撼天动地泣鬼神的战绩，我几次被感动得心潮难抑，对将军第一次感知到最切实的了解。再到2005年读到孔从洲将军的外孙张焱写作的《也无风雨也无晴》书稿，我对从家乡灞桥走出去的孔从洲将军，才有了较为完整的了解，一位从未见过面的将军生动地浮现在我的眼前。我读这部书稿，不是通常意义的文学作品欣赏，尽管年轻的张焱思想深刻笔锋犀利。我的整个阅读感觉是走进一座大山，伟岸凛峻，却也高襟柔肠，那是对自己追求的事业的忠诚，对国家和人民承载的责任的义无反顾，对一个高尚的人的精神情操的历练，对一个纯粹的人的人格品质的坚守和修养，使我感到一个人用整个生命历程铸成的巍峨大山的形象。这座大山，不仅经得住同代人的审视，更经得起后人的阅读和叩问。这座山的独有的品格，独具的魅力，立于群山之中，不摧不老。

有一个至关重要的细节，我一遍成记。孔从洲在刚刚兴起的新式学校读了两年初中，因家里一场土地官司打得倾家荡产而辍学，回到村子别无选择地学做农活儿，而且很快成为赶马车的把式。依我乡村生活的印象，马车把式在关中农村是受人敬重更令人羡慕的"高职"人才，无论给自家驾车吆马或受雇于旁人执鞭，都是"高人一等"的技术性人才。然而孔从洲既无心纠缠于家庭土地纠纷的恩怨（乡村里无论贫富无论长幼都易陷入的仇恨情结）之中，亦不留恋沉迷小康之家和车把式的优越，扔下马鞭走出虽也凋敝却仍可以养人的天府关中，投奔远在陕北之北的杨虎城去了，行程几近2000里，"经过数月奔走，衣衫褴褛满身疥疮，沿路乞讨"抵达目的地安边，走进一个显示着强烈反叛旧制度的杨虎城部队的军营，开始了他戎马倥偬的人生征程。这一年孔从洲年仅十六七岁。关中乡村走失了一个驾马抡鞭的车把式，成就了一位肩负国家民族命运的将军。依我所能得到的文字资料，说孔从洲在西安读书时听到过杨虎城和他的部队的侠义精神，是促使他投"鞭"从戎的唯一导向。我相信这种导向对青年孔从洲的影响力，但得注意孔从洲个人的接受基础，即孔从洲刚刚萌芽的人生抱负，不甘于普通的乡村生活的平静和平庸，肯定是与生俱来的个性气质里的叛逆因子起了关键作用，使他自觉脱离开无以数计的关中乡村青年习惯接受的生活模式和生命运行轨道，他的生命没有消磨在麦垄马厩，而是张扬在民族救亡国家解放的烽火之中。

我便确信，一茬一茬的茫茫人群里，杰出人物在少年时期就显出鸿鹄之志，是自古以来就屡见不鲜的事实。

孔从洲参加了消灭军阀的北伐战争。尤其在西安城被军阀刘镇华围困的8个月时间里，孔从洲和守城的军民成功坚守到胜利，他已经初显军事指挥才智，荣任炮兵排长，时年20岁，被杨虎城爱称为"娃娃排长"。也就是从这时起，孔从洲与炮结下了不解之缘，直到他创建中国人民解放军南京炮兵学院并荣任院长，再到任解放军炮兵副司令员。

在标志中国革命形势重大转折的"西安事变"发生时，孔从洲已经成为影响这场震惊世界的事变成败的举足轻重的人物之一。他任杨虎城17路军警备二旅少将旅长兼西安城防司令。按照张学良、杨虎城的部署，两三个小时内，城防司令孔从洲指挥部属一举解除蒋介石布置在西安的军、警、宪兵和特务组织，一个不漏地抓捕了包括陈诚、卫立煌、蒋鼎文在内的军政要员。作为东北军和西北军联手起事捉蒋的1936年12月12日凌晨那两颗信号弹，是孔从洲指令士兵发射的。这两颗信号弹射向夜幕沉沉的古城西安的高空，扭转的却是整个中国的时局，是中国从黑暗走向光明的一个历史性转折。孔从洲在他后来的民族战争和革命战争历程中，不知发射过多少颗进攻的信号弹，却都比不得上述这两颗。作为一个军人，一生中能有这样重大的历史性机遇，是骄傲自豪，也是幸运，足可以告慰平生。

在随后的中条山抗日前线，在战区司令孙蔚如麾下，孔从洲率独立46旅，先后参加过十余次大的战斗，血战永济成为重创日军鼓舞士气的重大胜利。他的民族血性使其在打击日本侵略者的战争中，成为这个民族后代子孙永远珍重和膜拜的精神楷模。

抗日战争胜利，孔从洲即率部起义，正式回到人民解放军的队列，从华北一直打到西南，成为共和国的开国将军。

我从《也无风雨也无晴》一书里，简要列举出孔从洲革命历程中这几件史实，在于勾出一个清晰简明的线条，可以看出一个完全可能成为庄稼能手马车把式的关中乡村青年，怎样走过堪称光辉的人生历程，留给后人多少精神启示和激励；这些重要史实的意义，决不仅仅属于孔从洲个人，而是让我看到自辛亥革命以来，这个民族和国家在寻求生路、出路和解放的艰难曲折复杂漫长的历程的一个缩影，孔从洲是一个坚定的实践者，一个在革命烽火里舞蹈的凤凰。我列举孔从洲生命历程中的重大事件，也在自己的心里铸刻下革命历史的几根该当铭记的线条。

　　毛泽东曾经连声称赞孔从洲"是个老实人"。毛泽东这个评价的依据和注解是"别人都相信你"。这不仅是毛泽东的赞语，而是几十年的风雨历程里，他的上级他的左右臂膀和他的部属对他的共同印象和评价。在我理解，这个"老实人"的所指，当有更为丰富更为深厚更为高尚的内涵：对认定的主义追求的坚定不移，在艰苦卓绝乃至生命绝境里的殊死坚守，对肩负的每一个使命的忠诚，对同志同道的赤诚和坦然，业已形成独秉的个性气质和性格魅力，远远不是人们习惯上所说的"老实人"概念所能包容得了的。有一件事令我感动，当张学良和杨虎城两人做出"捉蒋"决定，并且拟定了这场惊世事变中东北军和西北军的分工部署，杨虎城把这个决定说给的第一个人，就是孔从洲，就是被他昵称为"娃娃排长"而今西安城防司令的孔从洲。可靠和信赖不需说了，成就国家和民族命运的壮举是他们共同的抱负，才会产生彼此间不言而喻的生死与共。

　　关于孔从洲的党龄，也是令我十分感动的一个细节。1927年"四一二"反革命政变之后，蒋介石在各个部队剿杀共产党人，杨虎城拒不"清党"，把西北军里的共产党人或送走或隐蔽，就在这种白色恐怖乌云笼罩之局势里，孔从洲向共产党在陕西的创始人魏野畴提出入党要求。魏野畴觉得他暂时不要加入共产党，以他在西北军里的中级军官身份，更有利于为党工作。

孔从洲听从了党的安排。1930年,孔从洲向南汉宸再次提出了入党要求,南以同样的考虑让他暂时不要入党。在中条山抗日战场上,孔从洲任旅长的独立旅,几乎是共产党人领导的一支部队,从旅部到士兵,谁都搞不清有多少共产党员,然而谁都明白这是一支皮白瓤红的战旅,连蒋介石都清楚,三番五次指令38军军长孙蔚如"清党",孙蔚如和杨虎城一样保护了共产党人,孔从洲实际上执行的是党的指示。直到抗日战争结束,孔从洲按中央指示率部起义回到延安,经由毛泽东做介绍人加入中共。他的党龄就只能从1946年起算。从1927年到1946年几近20年的党龄,对于一位高级将领,不仅仅是荣誉和待遇层面的含义,更重要的是心理层面的感受。他不应是"党外的布尔什维克",而是从魏野畴那里开始,就自觉按照共产党的方略和思想规范着自己行动的老党员了。可贵的令人钦佩的在于他的态度,他提说过此事,因为种种原因没有解决,也就坦然接受了既成的事实,毫不动摇甚至毫不在意地专注于他的炮院和炮院培养炮兵骨干的工作,这也是"老实人"处理个人事情的一个范例,一种襟怀,一种境界。

这位"老实人"将军,可以不计较个人的得失,却绝不含糊重要的历史真实。他为杨虎城的继任者孙蔚如,以及孙蔚如统领的38军浴血抗战的将士,因为极左思想影响而受到的不公正待遇,甚至许多烈士和活着的官兵蒙受不白之冤和委屈，表现出某些"拗相公"的铁面和执着。他联合当年的知情者和亲历者申述真实事相，发表文章，为他们一个个平反或正名为烈士。

他为自己统领的陆军整编35师抗日阵亡将士，自掏腰包修建陵墓。直到他疾病缠身行动不便的暮年，仍然为一座烈士纪念碑坚持不懈地努力，直到这座纪念碑树立在黄河岸边。"在我有生之年见到这座纪念碑修成，了却了我的最大心愿，作为这个师的师长，我可以告慰长眠在九泉之下的烈士了。"我被这样的话深深地震撼着。我便想到，一个人让共事的同志感到信赖，让死亡的战友的灵魂得到安慰，真是实践了中国古代先贤所说的"仰无愧于天，俯无愧于地"的博大胸怀了，在孔从洲这个"老实人"将军身上，还有既无愧于生者，又无愧于死者的道义和道德。

孔从洲将军的功勋，令我一直崇敬;孔从洲将军的品德，令我永远敬仰。我为我们灞河岸边走出的这位杰出的将军由衷地自豪。

关中娃，岂止一个『冷』字

　　近在我身边东侧的黄河三门峡，有两则远古神话流传下来。一是说三门峡的形成：水神河伯在与火神共工打斗到崤山时陷入颓败之势，情急时便不择手段，调动天下之水将崤山方圆千里倾入汪洋，人真的"或为鱼鳖"或攀树求生。灭顶之灾中出来一位英雄，三板斧劈开三道豁口让洪水泄流，这就是人门、神门、鬼门的三门峡。这位英雄据说是共工，曾经头触不周山，又斧劈三门峡。那座至今依然挺立于急流中的被称为中流砥柱的石峰，作为神话英雄也作为现实英雄的象征，既令人遐思绵绵，也令人肃然起敬。另一则是英雄降伏妖孽的神话故事：齐景公行车到此，一匹拉偏套的马被黄河里突然跃出的一只巨鼋拖入水中，随行保镖古冶子当即跳下河去，斜行5里逆行3里追杀巨鼋，血染黄河。古冶子被尊称为古王，留下古王渡口和古王村传承至今。

我在尽可能简约地复述这两则很适宜给小学生讲述的神话故事时，是再三斟酌过必要性才不厌其烦地依此开篇。就在英雄与邪恶、英雄与妖孽进行过殊死搏斗的这个地方，20世纪30年代末到40年代初，中国军人与日本侵略军也进行过一场长达两年多的战争。他们把不可一世妄言三个月占领中国的日本鬼子拒阻于潼关以外，使其进入关中掠占西北的梦想胎死腹中。日本鬼子不仅未能踏进潼关一步，而且付出了惨重的代价，仅"六六"会战一役，日军排长以上军官的尸骨就层层叠叠垒堆了1700多具。这是抗战中取得重大战果的战区之一。

这个战区在山西境内的中条山。

横刀立马中条山的中国军队的军团长，是杨虎城的爱将孙蔚如将军，西安东郊灞河北岸豁口村人。是让我引以为骄傲、敬重和亲近的前辈乡党。

孙蔚如将军麾下的官兵，几乎是清一色的号称"冷娃"的关中子弟。

由徐剑铭等三位陕西本土作家创作的长篇纪实文学《立马中条》，写的就是60多年前，孙蔚如将军率领关中子弟与日本侵略军血战中条山的一部英雄史诗。

我很早就阅读过几部抗日题材的小说，也看过不少同类题材的电影，地道战、地雷战、野火春风斗古城、小兵张嘎、游击队员李向阳、挥舞铡刀片子的史更新，这些在民族危亡时带有传奇色彩的英雄，一直储存在我的情感记忆里毫不减色，毫不受时世界变审美异变对这些作品评价的变化的影响。尽管如此，我还是坦率地说出我的阅读感受：在有关抗日战争题材的艺术品的阅览历程中，《立马中条》给我的冲击是最为强烈的。我至今仍然无法找到几句准确的话语来概括那种感受。我不排除与上至将军下到士兵近距离的乡谊乡情因素，战死了的和仍然健在的英雄，就在我曾去过多回或耳熟能详的大村小寨里。然而，我更确信一种千古不灭、人神共敬的精神——民族大义。

这些关中将士无论性格性情具备什么样儿的地域性特征，在民族存亡的血战中，体现出来的凛然不可侵侮的大义，正是中华民族辉煌千古存立不灭的主体精神。

一条山沟一个村庄一个小镇反复争夺中的殊死拼杀，使我的神经绷紧到几乎闭气；一位军官一位士兵的阵亡，常使我闭上眼睛心潮起伏不忍续读下去；一场大捷一场小胜和一次挫折，使我的情绪骤然飙升起来，又跌入扼腕痛惜的深渊；每一个创造战场奇迹的英雄和每个壮烈倒下的英雄掠过眼前，我总是忍不住猜想这是哪个县哪个村子的孩子？当我清晰地意识到民族危亡里的大义，正是承担在我的周边乡党的肩头的时候，我的地域性的亲情和崇敬就是最敏感最自然的了。

就是在这种情感里，我阅读着《立马中条》，完全沉浸在一种悲壮的情怀里难以自拔。我自始至终都在心底里沉吟着两个字：英雄。每一个士兵都可以用英雄来称谓，几万士兵又铸成一个英雄群雕，使日本鬼子难越潼关一步。他们之中的任何一个士兵，昨天还在拉牛耕地或挥镰割麦，拴上牛绳放下镰刀走出柴门，走进军营换上军装开出潼关，今天就成为日本鬼子绝难前进一步的壁垒。他们之中的大多数可能只上过一两年私塾初识文字，有的可能是连自己的名字也不会认写的文盲，然而他们有一个关中的地域性禀赋：民族大义。这是农业文明开发最早的这块浸淫着儒家思想的土地，给他们精神和心理的赠予；纯粹文盲的父亲和母亲，在教给他们各种农活技能的同时，绝不忽视对国家和民族的忠诚和信义；在火炕上的粗布棉被里牙牙学语的时候，墙头和窗子飞进来的秦腔，就用大忠大奸大善大恶的强烈感情，对那小小的嫩嫩的心灵反复熏陶。一个"冷"字，怎能完全概括这块神奇的土地上一茬接一茬的"娃"的丰饶而深厚的内心世界和情感之湖哩！

只复述《立马中条》里一个细节：

这是前文提到的"六六"会战里的一个细节。177师有1000多名士兵被两倍于己的鬼子包围，经过拼杀后死亡200人，余下的800人被逼到黄河岸边的悬崖上，三面都是绝壁。这800士兵在短暂的一瞬里从悬崖上跳了下去。下面是被称作母亲河的黄河。黄河以母亲的慈爱襟怀包裹了这800个殊死搏斗后誓不投降的关中"冷娃"。他们都是16岁至18岁的孩子。他们从关中乡村（也有少数山西河南的）投到孙蔚

-233

如麾下来,不是为了吃粮饱肚,而是为着打日本鬼子走进中条山的。他们没有一个人活下来。他们800人集体投河的那一幕,被山里的村民看见了。活着的这个村民尤其清晰地记得最后一名士兵跳河的情景:悬崖上只留下最后一个关中籍中国士兵,这是一位旗手。他的双手紧紧攥着他的部队的军旗。那是他和他的父亲和村民们崇拜着的杨虎城创建孙蔚如统率着的西北军的军旗。军旗已经被枪弹撕裂被硝烟熏染,他仍然双手高擎着。他在跳河前吼唱了几句秦腔。那位活着的当地村民还记得其中两句戏词,是《金沙滩》杨继业的两句:

两狼山——战胡儿啊……天摇地动——
好男儿——为国家——何惧——死——生啊……

孙蔚如将军率官兵在800壮士跳河的河滩上举行公祭。黑纱缠臂。纸钱飘飘。香蜡被河风吹得明明灭灭。有人突然发现黄河水浪里有一杆军旗,诧异其为何不被河水冲走。士兵下河打捞这杆军旗时,拖出两具尸首来。旗杆从一个人的后背戳进去,穿透前胸,这是一个被称作鬼子的日本士兵的尸体;压在鬼子尸体上边还紧紧攥着旗杆的人,是中国士兵,就是那个吼着秦腔最后跳入黄河的旗手。

我在阅读《立马中条》书稿前,曾经听到过本书作者之一的张君祥先生讲述的这个细节。我久久无法化释那两具叠加在一起跃入黄河的中国士兵和被旗杆刺穿背胸的鬼子的具象。我在阅读《立马中条》重温这个过程时,突然联想到西汉骠骑将军霍去病墓前"马踏匈奴"的石雕。后世的人们多是以艺术的眼光和角度,以惊叹的口吻欣赏2000年前的艺术家完成了精美绝伦的构图与雕刻,包括刀法的简洁都呈现着一个时代一个民族的大气和壮气。2000年后一个中国关中籍的士兵,吼着秦腔,用手中仅有的一柄旗杆刺穿日本侵略军一个士兵的胸膛,再把他压到黄河水底,作为祭旗的一个基座,让代表一个民族尊严的旗帜飘扬在黄河母亲的浪涛之中,其内涵和外延的最简单的意蕴,昭示着天地日月河岳之正气,正合着那座"马踏匈奴"石雕的现代版注释。

我十分自然地归结到关于英雄的命题上来。我在文章开头复述两则有关三门峡的神话故事,都是英雄主义的质地;我再复述800壮士跳黄河的一幕,却更像是惊天地泣鬼神的英雄主义的神话故事。从三门峡开天辟地的神话到20世纪40年代真实的神话,崇拜英雄,贯穿着整个民族心理的精神历程。我也自然想到,世界上几乎所有民族,都以最虔诚的情感,世世代代传递着、吟诵着他们的英雄。英雄总是在危难发生时挺身而出,直面不外乎自然的变异和邪恶势力制造的种种灾难。英雄是正义和善良的化身,驱除邪恶挽救生灵重开新境,使人类得以存在得以延续得以发展。这是一种永恒的精神,也是各个能够延续发展的民族共通共敬的精神。我可以以爷爷的姿态给已经上学的孙子讲三门峡的神话传说,也可以以"马踏匈奴"的雕像向朋友炫耀汉家气象,却极难以相同的心绪和口吻去讲述那800个跳入黄河的中国士兵的史实,还有那位旗手。他们都是从三秦大地这家那户的柴门或窑洞走出去进入抗日战场的娃,单是一个"冷"字,岂能概括得了!

我也只有在这本书稿的阅读中,鼻息可感地感知了孙蔚如将军。这位在我刚刚能解知人话的幼年时期就记住了的将军。我就读的西安市34中学,就是孙蔚如将军于1935年倡议并捐资兴建的,是西安东郊第一所中学。我的父亲和村子里的村民,我后来的中学同学以及再后来的不少同事,都在传说着孙蔚如将军的故事。他们有的以见过孙蔚如为骄傲,有的以见过孙蔚如的嫡亲乃至旁亲都自豪得很,还有更权威的是孙蔚如将军的同村或同族或近门的人,就荣耀得令我羡慕了。我无缘一睹将军风采,却确确实实感受到一种纯粹民间的敬重和崇拜。

这才是最真诚最原本的也是最可靠的社会心理情绪。没有任何功利目的,因而不会因为某些卑污的企图用心而改变,或动摇。一个为民族和国家于危亡时刻横刀立马的将军,获得如此的敬重和崇拜,不仅是合理的,更是这个民族——具体到关中这方地域的后世子孙的天地良心,不会改变。有这一点,孙蔚如将军就足以告慰九泉了。

我很感动三位作者以如此激扬的文字,抒写了这一段史实;我很感动他们背着行李,自费进入中条山,踏访那场战事的知情者时所付出的艰难和忠诚。他们终于把这一段几乎被淡忘被淹没的史实钩沉出来,注入这个民族的血液,也注入这个民族的现实的记忆;作为杨虎城将军、孙蔚如将军和西北军将士的后人,也是一次精神的洗礼和灵魂的慰藉。

说税

《白鹿原》里至少有三处写到农民抗税抗粮的斗争,这在小说的总体创作构想中都是作为重大事件设置的。白鹿原是一个农业社会,那里生活着从20世纪初到20世纪中叶的一个农民宗族群体,这个以家庭维系的群体的生存形态和社会结构形态里,税和捐成为影响那个社会结构的稳定性和生存形态的一种最重大因素。当然,还有政治因素和自然环境的因素。

中国长期的封建制度的统治,无论王朝如何更迭新老皇帝如何承继,唯一不变的是人治的本质。这种人治的政权性质决定着整个社会结构和社会生活的运转,最大的不稳定性概出于人治这个最大的孽根。税收在根本上就是人治的最重要的体现表征。

从来没有关于税收的铁定的法律,收什么税和如何收税,都是皇帝一句话来定乾坤。皇帝开明了,减轻税负休养生息,农业就发展,农民的日子相对地就好过了。如果新继位一个混账皇帝,加重税赋和徭役,整个天下的农民就开始倒霉。同样是一句话。这"一句话"就是"猛于虎"的苛政,足以使一个王朝由兴旺繁荣跌入田园荒芜民不聊生,打碎农民饭碗从而引发暴动造反的集体性叛逆行为,引起整个社会生活动荡社会结构混乱无序以至重建,都是税赋的随意性直接造成的结果。白鹿原是这个大国家里的一个小小的角落,无论怎样小,同样是这种延续了两千余年的封建帝国人治下的一方小小的社会,不可能独自摆脱人治的大环境而成为"世外桃源",直接影响这个小小社会的老少男女生存利害的自然是经济。引发原上社会大动荡的几次风潮的直接诱因,均为随意性的税收,导致了原上乡民与当权者的对抗和反叛。作品里的第一个大事件,即新任县长不择手段搜刮乡民掠夺乡民,以土地重新登记为名而设的"印章税",很快导致了罢种罢工的"交农事件"。这是农民以传统的"鸡毛传帖"串通联合反抗的形式,当然属于自发的斗争,引起了整个原上社会生活的大动荡。第二个有关税收的事件,是军阀混战直接殃祸原上乡民的生存,也是以随意摊派粮食的行为造成的,农民在强权下不敢不缴纳,结果却把缴纳的心爱的粮食烧掉了。前一种"交农事件"是地方行政长官的恶行造成的。这一次是军阀强权造成的,而到《白鹿原》末尾部分的最重大事件,即拉壮丁和各种名目的税捐,则是国民党统治的国家机器向农民更为随意到疯狂的丧失全部理性的掠夺,从根本上造成了国民党政权与民众的对立,导致了政权的最后灭亡。

　　从历史角度看,税收的法律和任何其他法律一样,是衡量一个社会进步的重要标志,也是保证社会稳定、进步、发展的重要手段。中国农民对合理的税收从不抗拒，甚至民间长久留传一句民谣："谁当皇帝都纳粮。"问题就出在没有法律保证而造成的那个随意性上。所以，由人治而进步到法治的社会，税收的法律是一个十分重要的组成部分和表现。

我在美国访问，应那里的华人作家协会邀请的，主要活动当然是文学范畴里的交流。对于美国的税收制度根本没有了解和探讨，只是在那里的生活中碰到和听到的点点滴滴有关税收的颇为新鲜的事情。

在美国的超市和专卖店里买东西，不仅经营者要向国家纳税，买东西的消费者也要同时纳税，正应了中国人的一句俗话："一个萝卜两头切。"

真真正正两头切，这是美国政府的法律铁定了的两头都要动刀切。我到一家家用电器专卖店买一只收、录、放三功能的录音机，每个大约80美金，被征税收近10美元。选好物品，到出口处交款的时候，收款员交给我两张票据，一张是买取录音机的发票，一张是收税的单据，我持着这个税单，心里觉得挺新鲜，心里直冒出被切了的萝卜的感觉。后来再去买什么东西，心里就有了被切的准备，问了物品价格，再算一下相应的税款。

陪同我购物的美国朋友解释说，美国很富有，但也有不少贫民，需要社会救助，凡失业或没有工作的人和家庭，即家庭收入达不到某个基准线的，就可以向政府申请救济，一经批准，每人每月可领取300美金至500美金的生活费。这些钱从哪里来？就是税收。包括所有商品的营销者和消费者都要缴纳的税金，小到几美金的小物品都不能免税，商品价格越高，税金越高。这种税收法律的理论根据，据说是作为调节社会贫富的一种手段。

我也想了，如果这个理论确实是税法的立法基础，说是一种调节，当然也是，它有一个最基本的功能，就是保证了失业者或过低家庭收入者有一个温饱的生活。按照固定的救济金收入，安排一家人的吃饭和穿衣，这里头有一点很重要的功能，就是这种救济贫困家庭的行为已经转化为一种社会的功能，而不是个人的施舍行善的行为；领取救济金者面对的是政府，而不是面对某个施舍行善者个人，被救济者就免除了对施舍者个人的感恩戴德的那种卑怯心理，而多了一份对社会和政府的自信，用这救济金吃起来穿起来都会从容自信一些，对整个社会和民族的自尊会有一种建树。

以上当然只是诸项功能中的一种，更重要的是美国的庞大的税收整个支撑着一个强大的帝国，包括各种健全的社会公益设施。

关于个人收入，要缴纳个人所得税，包括工资在内的所有收入。收入低的人，即在一个基准线下的人可以申请免税。获得免税的人不许购买汽车，更不许贷款买房，而且还有一些社会福利方面的诸多限制。作为一个有正当职业收入的人，无车无房是很难长期生活下去的，所以如不是万般无奈，逃税不是明智之举。倒是努力开辟财源，多渠道争取多多收入以争取缴税，然后才能有资格买车购房获得在那种富裕社会里的基本生活条件。

美国的高速公路四通八达，行车畅通无阻。无阻不是说不塞车，而是无交费之阻。据说美国是世界上唯一一个高速公路不收费的国家。后来得知，费还是收的，不过不是在某个管辖路段设卡收缴，而是让加油站代收。什么型号的汽车每公里耗油是有定数的，在加油交款时也就交纳了过路费，政府从加油站按汽油销量提取出来就完了。这样就免去了汽车行驶中受卡交费的麻烦。

当然，这一切都需要有一套严密的监督措施，而且还有人的税法自觉和职业道德作保证。

汶川，给我更深刻的记忆，不单是伤痛

5月12日午后，我像往常一样准备摊开稿纸工作的时候，突然发生的天摇地动使我顿时陷入慌乱和恐惧。当我很快确知这不过是地震余波的虚惊时，汶川——这个名不见经传的四川山区小县，一霎间震撼了整个中国，一场特大地震的毁灭性灾难发生在汶川及其周边地区，无以名状的沉痛和悲伤紧紧压着每一个中国人的心，我的心。

使我很快从这种不堪压迫的心境里转换过来的一件事，是我看到了代表党和国家走向灾难发生地的温家宝总理的身影。那一瞬间，希望顿然高涨起来，强大的力量高涨起来，深深的感动和钦敬高涨起来。几乎出于本能，我把一个时间铸成永久的记忆和永远的感动，这就是在汶川地震灾难发生刚刚一个小时，一位代表党和国家责任的年近70岁的老人，登上赶赴灾难发生地的飞机。这是我的记忆里最具感动和钦佩情感的一个时间概念，在世界的灾难史上前所未闻。

几天来我一直通过电视关注着抗震救灾的每一步进展。我被这位老人感动着。他蹲在倒塌的废墟上和一个被困孩子的对话，更像一个慈爱的爷爷；他手握话筒对灾民再三申明，救人是第一紧迫的大事，再三申明拯救每一个生命绝不放弃的时候，体现的是新一代党和国家领导者的全新理念和全新思维；他对参与救援的解放军、公安部队、武警部队、医护人员等的讲话，凝聚着整个中国人的心愿和情感，显示着一个国家的权威性意志和力量，让我感到信赖和可靠，更胆壮。

我在灾难发生的令人揪心的几天时间里，强烈地感知到人民和国家这个大的命题。我们刚刚经历过奥运圣火在国外传递过程中"藏独"分子破坏捣乱的事件，我感受到整个中国人民和世界华人骤然掀起的维护国家统一和国家尊严的庄严意志，充分意识到人民对国家的爱心，人民的意志和力量擎立着的国家，是最具活力和尊严的国家。而当毁灭性的灾难发生的时候，受灾的人民群众所能依赖的就是国家。党和国家领导人是国家意志和力量的体现。我看到的是灾难发生时最迅敏的决策，最务实的行动，把人民的生命看得神圣的党和国家领导人，由他们领导的国家获得人民的爱，是自然的，是真实的，是不可摧毁的。我以为我们的人民和国家，已经进入一种水乳交融的和谐。

2008年5月12日14时28分，地震灾难留给每一个中国人最沉痛的阴暗记忆。

2008年5月12日14时28分之后的几天，也铸成国家和人民完全一致的历史性记忆，更具力量，也更深刻。